俳句劇的添削術

井上弘美

角川新書

はじめに

私は三十歳で俳句を始めました。初めて所属誌に投句をした日の緊張や、それが活字になって掲載された日の喜びは鮮明で、折に触れて思い出します。とりわけ、秀句欄に一句掲載された時の感激は忘れ難く、今も作句の原動力になっています。
　このとき私が投句した原句と、掲載された添削句をご紹介します。

原　句　　右足を踏み出してをり蟬の殻
添削句　　片脚を踏み出してをる蟬の殻

比較してみると、添削句は「蟬の殻」が圧倒的な存在感を放っていることがわかります。音読したときの力強さも別格です。添削して下さったのは、当時、俳誌「泉」の代表だった石田勝彦先生でした。私は初学ながら俳句の面白さを感得し、添削という方法が俳句文芸の魅力を雄弁に語ることを知りました。以来、添削という方法を疑ったことはありません。添削は、ある一つの型の中に作品を押し込む危険性があることは重々承知していますが、作者とともに、よりよい作品を模索する手段として、これほど有効な方法はないと思っています。

この本は、こうした私の初学の時からの経験に基づいて出来ました。ここに収めたのは私の主宰する俳誌「汀」に連載中の「推敲のエチュード」です。作者自身が一句を成立させるまでの推敲過程をたどることで、客観的に作品を眺め、それに対して私がコメントを書くという形式で、毎月一回、約八年間続いています。この連載では、作者の置かれた作句状況や題材、表現したかったことなどが述べられた推敲過程を踏まえ、アドバイスや添削を行っています。日常の句会でも、作者の話を聞くと、よりよい表現方法が見つかることが多いのです。一方的な添削ではなく、作者との共同作業として完成度の高い一句を目指すことを大切にしています。したがって、添削の不要な見事な成句が示されたときは、別案によってさらに作句の可能性を探るようにしています。

ここに掲載された俳句は、俳句を仲立ちとした作者と私との公開往復書簡ですが、俳句という、世界最小の、しなやかで強靭な文芸の醍醐味をお伝えすることが出来れば、これほど嬉しいことはありません。

井上弘美

目次

II 俳句表現のテクニックを試してみる……95

Ⅲ 俳句表現の可能性をさぐる

本文デザイン　國枝達也

I

俳句表現の基本をおさえる

① 平明に表現する

原句　水鏡してひとすぢの春の雲

青空をわたあめのような、ふわふわとした柔らかそうな雲が流れてゆく。手を伸ばせば摑み取れそうな低い所を流れてゆく。この雲は春のさきぶれ。毎年、こんな雲が青空を流れると、ほどなく春が訪れます。

春の野遊びの一つに野芹摘（のぜりつみ）があります。私はこのような浮雲を見ると、それを合図に芹摘に出掛けます。出掛ける先は神社の裏の湧水。堀の中に、音もなく砂を噴く湧水があふれていて、小流れを作り出しているのです。そこに、例年通りほどよい丈の芹が生えていて、茎が湧水に透き通っていました。

その水面の上空を、あの柔らかいわた雲がゆったりと流れているのでした。そこで思い浮かんだのが原句です。

しかし、眼前の雲の流れの表現が納得できず、しばらく水面を見つめていました。すると、雲の影と言っても、ほんの一瞬水面をかする影なのだということがわかりました。

浮雲の芹の水面を飛びゆけり

その時、「ふれてゆきたる芹の水」のフレーズが浮かびました。

あの水蒸気の塊のような、ふわふわの雲にも定まった名前がある事でしょうが、今は大摑みに白雲の中におさめ、成句を得ました。

自然から受けた感動や発見を、文字で俳句で表現する難しさを痛感しています。

成句　白雲のふれてゆきたる芹の水

（林　百代）

春の訪れを、微妙な雲の表情に感じ取った文章で、季節感の捉え方が繊細だと思いました。野遊びの一つとしての「野芹摘」が定点観測になっているのも、俳句が生活の一部になっている人の豊かさです。さらに、せっかくの「野芹摘」も、ことさらな読みぶりでなく、平明に表現されてゆく点に手腕を感じます。

原句の「水鏡」は美しい表現ですが、出来合いの言葉の組み合わせです。対象を凝視することで、「雲の影」が一瞬「水面」をかする影だと気付いたことが作句の原動力です。

推敲句では「芹の水」を季語としたことで句が広がりました。成句はよく詠めていると思いますが、「ふれて」にもう一工夫欲しいところです。

そこで、「掠める」を置いてみました。「わずかに触れる」という意味があります。〈白雲のかすめてゆきし芹の水〉と中七を過去にしてもいいと思いますが、より「今」を捉えるために「ゆける」としました。

添削　白雲のかすめてゆける芹の水

②「切れ」を設ける

原句　早梅の向こうに見える外国船

年末のあわただしさを乗り越え、気持ちを真っ新(さら)に出来る元旦。以前はゆっくりと年末年始をすごせる環境であったが、今の仕事は二日間の休暇が精一杯。そんな状況で、足は自ずとある海浜公園の散策に向かう。少し登ると眼の前に梅の花が咲いていた。私は花の少ない冬を好まない。それだけに待望の春の到来を予感させる梅の香に出会うと、胸がワクワクしてくる。

一句を作ろうとしても、単なる梅の観賞で終わってしまう。俳句は一点に絞った方が良いと指導を受けているが、私の力では単なる季語の説明で終わってしまう。それでは、と視点を逸らしてみると観覧車が見えたが、何か物足りない。そこで、しばらく遠くに目を移すと、先ほど歩いてきた海岸が見えて、大海原を航行している外国船が目に入った。そこから、梅と外国船を組み合わせることとする。では、梅との距離感をどう表現するか。「早梅」を手前に置き、その向こうに「外国船」を置いたのが原句である。しかし、これでは梅と船の距離が近すぎる。そこで、「向こう」を「はるか」とし、「見える」を「行ける」に直して、距離感を広げてみた。さらに船がどんな船であったかを考える。この辺りの風景には外国船より貨物船の方がふさわしいと思った。これらを整理したのが成句である。

俳句は語ってはいけない。投句した一句の鑑賞は読者に委ねなければならない、と教えられてきた。鑑賞して頂くためには、句に広がりや、奥行を用意しておくのが読者への礼儀である。少しは礼儀をわきまえられただろうか。

成句　**早梅のはるかを行ける貨物船**

（吉瀬春夫）

原句から成句への推敲過程がよくわかり、推敲の方向も基本に則っています。原句と成

句は型は同じで、より的確な言葉へと置き換えられていることがわかります。その結果、「早梅」の静に対して、「貨物船」の動の対比が明瞭で、さらに、近景と遠景の組み合わせという点でも、よく構成されていると思いました。

その上で、解消したい点は「切れが無い」ということです。解決策は三通りあって、

①「早梅や」と切る。

②「はるかを行けり」と中七で切る。

③「冬の梅」と季語を変える。

これらの方法によって「切れ」を作ることが出来ます。この中で、最も作者の気持ちに添うのは「早梅や」と切ることで、早咲きの梅に出会った感動を表現出来ます。これが〈添削1〉。その上で、〈添削2〉ではもう一歩表現方法を工夫して、動詞を外しました。

添削1　**早梅やはるかを行ける貨物船**

添削2　**早梅や航はるかなる貨物船**

③ 題材を描写する

原句　白鳳仏に少年の笑み楓の芽

春の訪れの遅かった三月中頃、深大寺へ吟行に出掛けた。大きな株立ちのクリスマスローズの花、白木蓮や紅梅、早咲きの桜が咲いていたのには驚いた。我が家周辺とは雲泥の差である。

そんな中で、平成二十九年に国宝となった白鳳仏を詠んでみようと思った。

「白鳳仏に少年の笑み」は直ぐに出来たが、季語は何かと思った時、途中で見た鮮紅色の楓の芽が白鳳仏の眼差しを表すのにふさわしいと思い、出来たのが原句である。

しかし、白鳳仏と言えば笑みは自ずと含まれているのではと思い、推敲することにした。

白鳳仏を安置している釈迦堂は、白鳳仏の背後の壁の上部がガラス張りになっていて、そこから三月の明るい日差しが差し込んでおり、白鳳仏の穏やかな佇まいも想像出来るのではと思った。そうして出来たのが次の推敲句である。

白鳳仏ひざしやはらに楓の芽

釈迦堂を出ると桂の芽が紅に萌え、青柳は風に揺れていた。白鳳仏の慈悲深きお心を思うと、「楓の芽」という一種類ではなく「名の木の芽」が相応(ふさわ)しいと思い成句に至った。

この句に限らず、見たままではなく、その奥に秘めたものが詠めるか、詩的表現ができるかが、私の課題だと常に思ってはいるが、ままならぬ事である。

成句　白鳳仏ひざしやはらに名の木の芽　　（和智秀子）

推敲の過程のよくわかる文章です。原句の「少年の笑み」はありがちな表現でした。仏に「笑み」は付きもので、阿修羅像なども「少年」として詠まれますので、平凡に見えてしまうのです。しかし、「白鳳仏」を描写した点は良かったと思います。

取り合わせで詠む時は、仏に限らず、季語を描写するのではなく、題材になっているテーマの方を描写し、季語は置くようにするほうが良いのです。ところが、推敲句では「白鳳仏」より「楓の芽」に中心が移ってしまっています。成句では「ひざしやはらに」が「名の木の芽」を描写しているために、「白鳳仏」が生きなくなってしまったのです。せっかく「桂の芽」を見つけたのですから、ここでは季語を「桂の芽」とし、上五に置くだけにしました。

ポイントは「白鳳仏」をいかに捉えるかです。この文章には「白鳳仏」の描写がないので、「眼差し」を使いました。

添削　**桂の芽白鳳仏のまなざしに**

④ 具体的に描写する

原句　とりどりのバンダナの子ら牧開（まきびらき）

三月の句会の兼題は「牧開」。初めて使う季語だった。

信州に高原牧場はいくつもあるが三月初めはまだ雪深く、放牧はずっと先のことである。ましてコロナ禍、動物園に行くことも叶わない。動物が得意でない私が想像で詠むことは無理。風景で詠むのも実感がない。

さて困った。何かヒントをと、ネット検索して、ある牧場の牧場開きイベントの画像を見つけた。家族連れが大勢集って楽しそうな写真。そうか、牧開は酪農家にとって御祝事なんだと気付いた。

牧場運営は家族全員で取組む大変な仕事。春が来て、牛馬をようやく廏舎から放牧地へ出してやれるのは、大きな喜びに違いない。子供たちがわいわい言いながら手伝っている様子が思い浮かんだ。兄弟で色違いのバンダナを新調してもらったりして……。
原句はぼんやりした句なので、焦点を絞らなくてはと思う。以前の鑑賞講座で、弟とあれば兄がいることが言わずとも分かる、と教わったことを思い出す。末っ子とすれば、賑やかな兄弟の様子が表せる。バンダナの色は姉が赤、兄は青、下の子は緑か黄色か。緑だと牧草の緑とかぶるので黄色に。黄色なら、末っ子の幼さや元気さが目に浮かぶ。「き」の音が「まきびらき」と掛かり、リズムも良くなったように思う。

成句　**末つ子のバンダナ黄いろ牧開**　（北川みや子）

「牧開」という兼題に対して、一句を得るまでの過程が丁寧に綴られています。作者にとっては季節感を捉えにくい季語であったことから、いろいろ情報を得たことで、「牧開」が農家にとっては「御祝事」という発見に繋がったこともよくわかりました。そこから、子ども達の様子を具体的にイメージし、黄色いバンダナの「末つ子」に着地した事で、成句は完成を見ています。

ただ、この句からは、「牧開」を手伝っている子どもだということはわからないと思います。バンダナの楽しいイメージが、「牧開」に遊びにやって来た子ども達を想像させるのです。そこで、この「末つ子」に一役与えてはどうかと思います。たいした役には立たなくても、何か役割があることで、一家総出の「牧開」が見えて来ると思います。

添削　**末つ子は牛呼ぶ係り牧開**

⑤ 固有名詞を下五に

原句　**渡月橋人影はなし桜咲く**

「京都は名所旧跡や祭事が多く、俳句作りに恵まれていていいですね」とよく言われる。その通りだと思う。しかし京都在住の私にとって、「京都」を詠むのはなかなかに難しい。京都の名所旧跡、祭事、そして町名は、その歴史的、文化的背景があまりにも多くの事を語ってくれていて俳句世界が広がりすぎてしまうからであり、また往々にして絵はがき的な句に陥ってしまうからでもある。

嵐山は日本の観光地の代表といえよう。四季折々の美しさは映像や写真で全国に紹介される。そんな嵐山に、新型コロナウィルス感染の影響でぱったり観光客が姿を消してしまった。長年京都に住んでいて、こんな光景は初めてである。この年限りのメモリアルな光景となることを切に祈りながら、嵐山のシンボルともいえる渡月橋を詠んでみた。時あたかも桜が満開の候の句である。

桜花の枝越しに眺める渡月橋は閑散としていて、全く人も車も渡らない間合いが度々あった。春の観光シーズンではあり得なかった光景である。それでも桜は咲き誇っている。原句では「人影はなし」の説明調と、渡月橋と桜が絵はがき的で即きすぎである点とが気になり、推敲を試みた。人の姿は消えても、渡月橋を中心に景色を広げた嵐山一帯の自然は、春一色に染まっている、という稀な光景を次のように推敲して成句とした。

成句　**渡月橋人影のなき春爛漫**　（田中博一）

作者は京都通であるだけに、嘆きのほどがよくわかります。

原句は三段切れである点も気になる所ですが、「渡月橋」と「桜」は確かに絵葉書。しかし、桜時に「人影のない渡月橋」は、やはり異様で「桜」を残したいようにも思います。

そこで、二案考えました。どちらも、「渡月橋」というイメージの強い固有名詞を下に置いて、季語が上に来るようにしてあります。また「人影」という、やや絵葉書になりやすい言葉も外しました。これが〈添削1〉です。上下に三音の漢字がくる形を避け、「や」で「爛漫」を強調しています。

〈添削2〉は原句の「桜咲く」を「花」として生かした場合です。なお、「途絶え」は終止形が「途絶ゆ」とヤ行なので、連用形は「途絶え」となります。「へ」と間違えやすいので注意しましょう。

添削1 **爛漫の春や人なき渡月橋**

添削2 **花満ちて人途絶えけり渡月橋**

⑥「かな」の使用

原句　夭夭（ようよう）と花散る夜の瀬音かな

夜の桜が好きだ。特に落花の頃は、ついつい夜の散歩に出てしまう。わたしの住む町は、住宅街のそこここに古い桜の木があるので、どの道を選んでも必ず素晴らしい桜に出会える。特に、細い川沿いの遊歩道は、みごとな桜のトンネルとなるので、落花の頃ともなると毎晩ついふらっと出かけてしまう。

夜に散りゆく桜の花びらは、その一枚一枚がまるで若々しい命の最期を輝かせているかのように見える。その様子を、「夭夭」という言葉にしてみたのだが、幽（かす）かに聞こえる川の流れの音を言ったことで、散りゆく花よりも「瀬音」の方に焦点が移ってしまった。しかも、「瀬音」はもう少し自然豊かな場所をイメージさせる。

改めて、なぜここの夜桜にこれほど惹かれるのかを考えてみると、昼間には感じ取れない音と、舞い散る花びらとのコラボレーションが絶妙なのだと気が付いた。昼間は、近くにある公園から聞こえて来る子供たちの声や、犬を散歩させる人が多い場所。水の流れの音は、静かな夜だからこそ聞こえるのだ。そこで、その音が舞い散る花の中に居てどのように感じ取れたのかに焦点をさだめた。

夜に散る桜の清らかさを、幽かに聞こえる川の音に託して「透けゆく」とし、夜の落花そのものを写生するのではなく、心に聞こえる〝音風景〟を写生してみた。

成句 **川音の透けゆく夜の落花かな**

（田中佳子）

夜だからこそ聞こえる「瀬音」と、「落花」の組み合わせが、シンプルながら幻想的です。

原句の「夭夭と」は、高校の漢文の教科書にも登場する詩経の「桃の夭夭たる／灼灼たり其の華」のイメージが強く、嫁ぎゆく女性を祝福する時に引用されるため、避けたほうがよいでしょう。また、「瀬音」に対して「かな」を付けると瀬音が強調されてしまいます。基本的に「かな止め」(「〇〇かな」で終わる形)を使用したときは、「かな」の上にある名詞が強調されると理解しておくと良いでしょう。

この作品は、「夜」を「川」と「桜」のどちらの形容に使うかということがポイントです。成句の「夜の落花」に賛成です。「夜」の付いた言葉の印象が強くなります。

そこで解決すべきは「透けゆく」です。多用されるので作者の発見になりにくい上に、秋の水を思わせるからです。この透明感をどう表現するか、次のように考えてみました。

添削　**漣(さざなみ)に音ある夜の落花かな**

⑦ 感動を捉える

原句　野馬追(のまおい)の甲冑(かっちゅう)競馬女武者

国の重要無形民俗文化財であり、平将門以来千年の歴史を持つ相馬(そうま)野馬追に、ようやく行くことができた。野馬追に参加する地域は、東日本大震災の時、地震、津波、原発事故など甚大な被害を受けたところである。

震災後の浪江(なみえ)町でのボランティア活動の際、お世話になった南相馬市の勝縁寺(しょうえんじ)住職よりお誘いを受け、野馬追を三日間とも見学することができた。

二日目の雲雀(ひばり)ケ原祭場地における甲冑競馬は、圧巻だった。冑(かぶと)は外すが、鎧(よろい)、旗指物(はたさしもの)を付けたまま全速力で疾走し、馬場を一周する。よほどの馬術の腕前がないと参加することはできない。

前夜来の雨で馬場はぬかるんでおり、先行馬の泥はねを受けた武者は泥人形のようであった。その中で、赤い鎧、旗指物を付けた女子高生が、並みいる猛者を抑え、鮮やかな手綱さばきで一位でゴールを駆け抜けた。最初は見たままに詠み原句となったが、甲冑競馬があり、女武者がいたというだけの報告と思われた。

次に、「野馬追の先陣駆ける女武者」とした。昔の合戦を思い出したからだ。しかし、先陣は少し大げさと思い、推敲した。

表現したかったのは、鎧を着て、旗指物をなびかせながら、一番速く疾駆した女子高生の爽やかさと甲冑競馬の勇壮さであったが、言葉が見つからなかった。

成句　**野馬追や先頭駆ける女武者**　（田中頼子）

相馬野馬追は勇壮この上ない行事として有名ですが、震災以後、維持が大変だと聞いています。その様子がテレビでも放映されて、胸を打たれました。

作者の文章を読んでいるだけでも感動的な場面がいろいろ想像できるので、三日間も見学できたら取り憑かれてしまうだろうと思いました。なぜか私は馬が好きなのです。

さて、掲出句は何と言っても「女子高生」が見事で、題材そのものが感動的です。従って、これをどうまとめるかがポイントだと思うのですが、「女武者」としたところが疑問です。「女武者」には華やかな凜々しさはありますが、可憐さは感じられません。「少女」という方が爽やかに駆け抜ける姿が見えるのではないでしょうか。

次に「先頭駆ける」ですが「先頭」とあれば「駆ける」は不要。全体に出来合いの言葉が並んでいて、作者の踏み込んだ表現が無いために、感動的な場面が平凡に見えてしまいます。

少女は赤い鎧を着けていたとのことですから、これを使って印象明瞭な句に仕上げます。

添削　**野馬追や先頭赤き少女武者**

⑧ 季語を生かす

原句　爽やかや子供相撲の土俵際

私の住む地域では、毎年八月下旬に恒例の「子ども相撲大会」がある。神社の祭礼として行われているもので、神社周辺の地元住民と新住民が共に楽しめる行事である。

土俵は事前に境内に設けられ、青いビニールシートで覆いかぶされていたので、私が土俵を目にしたのは大会当日であった。目を奪われたのは土俵の整然とした美しさだった。

その後、大相撲部屋の呼び出しや力士らも登場。四股や股割り、力士同士の取組などが披露された後、子供たちの取組となった。土俵際での力一杯の攻防に感動し、できたのが原句である。子供たちの頑張りは爽やかで気持ちがよく、素直に五七五にした。しかし、ただ描写しただけで自分の感動が表現されていないのではと思い、推敲した。

目にした光景を取捨選択すると、まっさらな土俵の清々しさだけが残った。焦点を土俵に合わせズームすると、さっぱりとした白の仕切線が浮かんだ。この仕切線で自分の伝えたいことを表現できるのではと考え、成句に至った。

この行事ひとつとっても、句材はあまたあり、これを集約するのは大変だ。原句ができた後、子供相撲の取組の様子ばかりに囚われて、そこから脱け出せないでいたが、対象を絞り観察し、そして発見する事の大切さを感じた。

成句　**さやけしや子供相撲の仕切線**

（中村悦子）

神社の祭礼とのことですが、夏休みも終わりに近い頃に行われる「子ども相撲大会」に心安らぐ思いがしました。「土俵際」から「仕切線」への推敲が鮮やかだったと思います。

原句の「土俵際」は、それを見ていた人にとって臨場感のある表現で、「土俵際」で繰り広げられる子供たちの攻防がよく見えます。しかし、成句の「仕切線」のほうが、印象が鮮明です。しかも「子供相撲」の緊張感が出ます。

　その上で、季語について考えてみましょう。

　原句「爽やかや」も、成句「さやけしや」も切字の「や」を使っている点はいいと思います。この作品は明らかに取り合わせの俳句なので、季語を「や」で切っておく必要があります。しかし、「爽やか」も「さやけし」も「子供相撲」というものに対する作者の気持ちを代弁しているように思えます。

　もう少し、季語を大きく働かせて、空や風が感じられる一句にしてはどうでしょう。「爽涼」とすると、漢語の効果で全体が引き締まり、秋の境内を吹き抜ける風が感じられるように思います。わずかな違いですが、句柄が大きくなります。

添削　**爽涼や子供相撲の仕切線**

⑨ 一句の主人公

原句　木の実降る美術館ではミレー展

ある秋晴れの日、地元の府中市立美術館の『ミレー展』に足を運んだ。有名な「落穂拾い」を含む大小約八十点もの展示を見終え外に出ると、美術館を取り囲む公園に広がる秋の様相が目に飛び込んできた。瞬間のイメージを原句としてメモした。

メモを前に、まず気になったのは、この句には美術館でミレー展を見たはずの自分がいないことだった。これではただの報告で、他人事の句になってしまう。そこで、「ミレー展出で」という言葉に変えた。「木の実降る」も実景と言うよりは想像の情景に近いため「足もとの木の実」とした。

迷ったのは「足もと」をどう表記するかという点だった。音では「あしもと」となる一語も、漢字では「足下」「足元」「足許」と複数の表記がある。辞書で調べてみたものの今ひとつ違いがつかめず、さらにそれを読み手と共有できるのかという疑問もあった。結局、「足下＝木の実が見えない？」「足元＝表記として一般的ゆえにサラリと読めてしまう。ミレーと木の実の即きすぎを促す？」と判断し、「足許」といううややひっかかりのある表記に決めた。普段あまり使わない「足許」という表記を使うことで、実物の木の実と、ミレーが描き続けた農民達の木の実を重ね合わせたい意図があったが、うまくいったかどうか。

成句　ミレー展出で足許の木の実かな　（日暮原子）

原句の良いところは季語の選びかたで、「ミレー」の一面をうまく捉えていると思いました。しかし、「ミレー展」と「美術館」の両方を詠むと、情報が多すぎて説明になってしまいます。「ミレー展」と言えばそれが美術館で行われていることはわかるので、「美術館」は不要です。せっかくの「木の実」が生きないのです。

次に、推敲の方向として、自分を登場させるのは一つのアイデアでした。その際、叙述にならないように動詞を一つにした点も良かったと思います。「足許」の表記への配慮も良かったと思います。一句が慎ましく仕上がっている点も、「ミレー」らしい趣きがあります。

その上で、もう少し句に広がりをもたせたいというのが私の意見です。基本的に一句の主人公は「私」、つまり「作者」なので、あえて表現しなくても「私」は一句の中に存在しています。

そこで、別案として考えたのが「森」を表現する方法です。「美術館」を消してしまったので、美術館を取り囲んでいた秋の公園を「森」として表現してはどうかと思います。「ミレー展」を楽しんだ余韻も出るのではないでしょうか。

別案　**ミレー展出づれば森に木の実降る**

⑩ 風景に広がりをもたす

原句　漢（おとこ）らの音ひびかせて稲架（はざ）を組む

「寺家（じけ）ふるさと村」は、我家から車で十五分位のところにある。私にとって、豊かな自然を眺めながら里山歩きを楽しめる、かけがえのない場所である。

周辺は住宅地が押し寄せているが、ここだけは昔ながらの横浜の田園風景がそのまま残っている。三方を丘に囲まれた谷戸（やと）で水田と雑木林があり、奥には溜め池が点在している。四季折々、いつ行っても何か俳句の材料を発見できる。都会育ちの私には、間近に農村の様子を見ることが出来るところだ。

秋の心地よい風の吹く中、ちょうど稲刈の頃に訪ねてみた。田んぼの様子は色とりどりだ。まだ刈り取られていない田、すでに穭田（ひつじだ）になっている田、刈ったばかりで稲架に新しい稲が掛かっている田、それぞれの姿が見られる。

少し散策を続けていると、稲架を組んでいる人たちがいた。初めてその様子を見たので、句にしてみようと思ったのが、原句である。しかしあまりにもそのままだ。

じっと立止まって見ていた。二人一組で一人は木を支え、もう一人は槌（つち）を打っている。しかし稲架を組む細かい作業を句にするのではなく、静かな夕方の里山に響く音を表現してみようと成句を詠んだ。

明日はあの稲架に新しい稲が干されているのであろうか。

成句　**暮れそむる谷戸に稲架組む槌の音**　（南部滋子）

「寺家ふるさと村」は定点観測にぴったりの里山、折々散策したい所です。

そこでちょうど「稲架を組む」光景を見ることが出来たのは幸運でした。私も京都に住んでいた頃は、嵯峨野辺りへ出掛けて収穫の様子を見ていましたが、稲架を組む風景も急速に失われているようです。小まめに出掛けることで、貴重な風景に出会えます。

さて、原句はまずは素直なスケッチですが、「稲架を組む」と下五に置いて着地が決まりました。基本的に音に対して響くは不要ですが、あえて音を生かして、

男らの稲架組む音を響かせり

と詠む方法もあります。なお、「漢」は字が目立つので「男」としておきます。

成句では時間の表現を考えたのが的確。しばし佇んで、詠みたい点を整理できたのが良かったと思います。

その結果、「暮れそむる」「谷戸」で風景に広がりが出ました。そこで、同じ内容を「谷戸暮れてゆく」を中七に置いて次のようにまとめてみました。組んでいる人は省略して、「槌の音」だけにしたことで、さらによく音が聞こえると思います。

添削　**稲架組めば谷戸暮れてゆく槌の音**

⑪ 展示物を詠む工夫

原句　指染みの賢治の鍬（くわ）や秋の風

一冊の本、井上ひさし著『宮澤賢治に聞く』をカバンに詰めて、汽車に乗った。行く先は岩手県花巻（はなまき）市、宮沢賢治記念館。坂道を登り行くと、心地好い風が吹いてきた。到着。入口には、座する山猫がお出迎え。どきどきしながら入館すると、真っ先に眼に飛び込んできたのは、一本の鍬。賢治が畑を耕した鍬には、指跡が黒く残り、まるで今、賢治の汗ばむ手からそこに置かれたかのようであった。

「下ノ畑ニ居リマス　賢治」。賢治が懸命に土を掘り起し、トマトやチューリップを植えている。帽子を被（かぶ）り、うつむくあの姿。情景が浮かんだ。昼は農民、夜は芸術家、宗教家でもある多面の人。一本の鍬から、賢治のイメージが、次々と膨らむ。

記念館を出て、下の花壇に降り立った時、遥か山々に虹が掛かった。その虹をしばらく見上げていると、その向こうは、銀河鉄道の走りゆく宇宙が広がっているような気がした。

帰路の列車の中で、カバンの中の『宮澤賢治に聞く』を読みふける。豊富な資料と写真、分かり易い文章で、賢治の一生を語ってくれる。

賢治の童話を読む。記念館で遺品に出会う。そこで一句。どうも観念的になりがちである。どうぞ、写生句を賜りますようにと願って、汽車を降りた。

成句　**染みくろき賢治の鍬や秋の虹**　（二瓶瑠璃子）

宮沢賢治記念館ならではの一句。先ず見つけた鍬に対しての、「賢治の汗ばむ手からそこに置かれたかのよう」だという把握に、賢治を敬愛する心情がよく表れていると思いました。

ただ、「鍬」は展示品ですから、それを見た多くの俳人が既に詠んでいる可能性があります。「指染み」に対象への踏み込みはあるものの、原句の季語「秋の風」では一般的で、工夫がほしいところです。

それに対して、成句の「秋の虹」はまさに賜物。夏の虹はダイナミックですが、秋の虹には消えやすいからこその美しさが感じられます。彼方に「銀河鉄道の走りゆく宇宙」を感じられるのは作者だからこそでしょう。季語は「秋の虹」で決定です。

そうすると、「秋の虹」が引き立つように「鍬」を詠むということになります。やがて消える「秋の虹」と「鍬」の留(とど)めている「指」の痕跡。その対比を印象的にまとめてみました。

添削　**秋の虹鍬に賢治の指の痕**

⑫　助詞を使って際立たせる

原句　白波や佐渡眠りしか秋の暮

我が郷土は自然に恵まれた地で、山あり、海、湖、城址公園、遺跡等々、句材豊富であるが、何時でも行く事ができ、見ることができるという習慣からか、俳句に詠んでも中々まとまらない。見慣れ過ぎているからかも知れない。

日本海は四季折々の光景を醸し、句材としては最適である。そんな中、日本海に浮く佐渡島を詠んでみた。

最近になって、国の文化審議会は世界文化遺産登録を目指す国内推薦候補に「佐渡島の金山」を選定するよう答申したと新聞紙上で報道された。

さておき、原句は晩秋の日本海の佐渡島を直江津海岸より通りかかった時に詠んだ一句である。佐渡島の眺めはほかに柏崎、小出崎、寺泊等。この地のどの海岸からの眺めもまた格別の趣がある。

原句の中七「佐渡眠りしか」は作ってみたものの類似句であるような説明調であるような思いに。

佐渡島は海岸からでも見える日と見えない日がある。この日はくっきりと浮上する潜水艦の如くに見えたのだ。まさに海の彼方。単純に「沖の佐渡から」と詠んでそのうえ、下五「秋の暮」は時候季語だが、白波を眺めていると「冬近し」の男波(おなみ)。同じ時候季語でも「暮るる秋」と変えることによって佐渡という対象が見える気がした。

成句　**白波や沖の佐渡から暮るる秋**　（古川よし秋）

四季折々、「佐渡」を望む風景が日常にある方の文章だと思いました。原句の「佐渡眠りしか」の親しみのある表現もそこから生まれたと思いますが、擬人化は避けたいところです。さらに、三段切れでもあります。

やはり「佐渡」から暮れるという発想の方がよいように思います。ここで問題となるのは「波」「沖」の重なりです。「佐渡」の全体像が捉えられているのですから、「沖」は外せるでしょう。また、「沖から暮れる」という内容に引っ張られて、「暮るる秋」になると季語の使い方としては不正確です。

そこで、「晩秋は」と上五に置いてみてはどうでしょうか。助詞の「は」によって、常に見ているからこその発見が生きます。

添削　**晩秋は佐渡より暮れて白き波**

⑬ 色彩を生かす

原句　稗田（ひつじだ）や互ひを見遣るこふのとり

家から歩いて二十分程の所に利根運河がある。江戸から明治の頃、銚子から東京へ荷を運ぶのに、利根川と江戸川を結ぶ運河の開通により、三日がかりが一日で済むようになった。鉄道の開通で今は衰退しているが、運河駅から西へ歩くと、東京のビル越しに富士山が、東へ歩くと筑波山が鎮座している。東へ歩くと左岸一帯に田が広がり、野田市の「こうのとりの里」がある。

九月下旬のころ、鷹の渡りを観察していた人が、「昨日はこうのとりがあの田に来ていたよ」と教えてくれた。辺り一面の田は穭の芽吹きから、びっしりと穂をつけたものまで、青々としていた。

以前見た子育ての頃の様子を思い出しながら、原句を詠んだ。啄（ついば）みながら、たえず相手を気遣っている番の様子である。しかしこうのとりに視点があり、季語「穭田」が弱いと思われた。句会の兼題に「穭田」があり、次のように推敲し直して出句した。

こふのとり待つ穭田は穂を伸し

「穂を伸し」は穭田の説明であると指摘を受けた。確かにそうである。こうのとりが現れてくれないかとわくわくしながら待っていた気持ち。毎日鸛の渡りとこうのとりを外でじっと見守っている人のことも思われた。こうのとりも生まれた所に遠くから飛んで来て舞い降りるのである。そんな諸々を思い詠んでみた。

成句　こふのとり待つ穭田の穂の豊か　（下村たつゑ）

徒歩二十分の圏内に広がる豊かな風景がよく見える文章で、推敲の過程も明瞭です。原句は「互ひを見遣る」が擬人法でもあり、句からは親子であるということが伝わって

きませんでした。

推敲句は「こふのとり」に対して「穭田」に広がりが出たことで、句柄が大きく、伸びやかになりました。さらに、句会での指摘を受けて、成句では「待つ」期待感に膨らみをもたせたのはよかったと思います。そこから「豊か」に行き着いたこともわかりましたが、「豊か」は答えですから、さらなる推敲が必要です。

「穭田」の豊かさを「穂」ではなく、色で表現してみてはどうでしょうか。

添削　**こふのとり待つ穭田の青く満ち**

⑭ オーソドックスに詠む

原句　嗚呼(ああ)あれが皇帝ダリア丈高し

もうかなり前のことだが「皇帝ダリア」という名を知り、いつか見たいと思っていた。ある時、友人が、大きな屋敷の高い塀の上まで伸びた薄紫色の花を指さし、あれが「皇帝ダリア」だと教えてくれた。私は思わず「嗚呼あれが皇帝ダリアなの」と、声に出してしまった。名前と花が一致し、なおかつ、名前にふさわしい花であったことに、感動した。それから、いつかこの花の句を作りたいと思っていた。そしてやっとできたのが、原句である。

「嗚呼あれが」というその時発した言葉をそのままを使うのは、あまりにも直接過ぎるかなとも思ったが、あの時の感動はそれ以外の言葉では表せなかった。

しかし、この句では、ダリアの大きさの描写に終わっている。

秋の雲が流れる爽やかな空に、吸い込まれそうでいながら、しっかりと立っているダリアの圧倒的な存在感を表したいと思った。

鳴呼あれが皇帝ダリア空に揺れ

これも、ダリアが空の空間で揺れているに過ぎない。

そういえば、青空を背景に風に揺れているダリアを見ているうちに、ダリアが揺れているのではなく、ダリアが空を揺らしているような眩暈（めまい）のような感覚があったことを思い出し、成句となった。

成句　**鳴呼あれが皇帝ダリア空揺らす**

（古舘泰子）

私も「皇帝ダリア」を初めて見た時、あの花には威圧的とも思える厳かさが備わってい て、「皇帝」の名にふさわしいと思いました。だから、「鳴呼あれが皇帝ダリア」という実感を重んじたい気持ちがよくわかります。ただし、「丈高し」も「空に揺れ」も、対象へ

の踏み込みが弱いように思います。

それに対して、成句の「空揺らす」には、作者自身の捉え方が出ています。その上で、「嗚呼あれが」の部分を考えてみると、一度使ってしまうと二度とは使えない弱さがあります。こういう表現に頼らずに、オーソドックスに詠むことが大切です。

そこで「高さ」を再度使って、成句の発見「空揺らす」を生かしてはどうでしょう。空に揺れるのではなく、「空揺らす高さ」と表現すれば、十分「皇帝ダリア」が見えてきます。

添削　**空揺らす高さ皇帝ダリアなる**

⑮ 句意を明瞭に

原句　赤い灯をつまむと伸ばすややの指

ある日、いつものように、バスに乗っていた。秋も暮れようとしている。少し混んだ車内の前の方の座席に、おかあさんに抱かれた赤ちゃんがいた。

まだ話すことも歩くこともできない赤ちゃんが、小さな手を伸ばし、赤く点灯しているブザーに触れようとしている。

一生懸命なその仕草に胸を打たれた。「赤い灯をつまむと伸ばすややの指」と、書き留めた。

家に帰って見返してみると、季語がなく、見たままで散文的である。「赤い灯」も何のことかよくわからない。

暮れてゆく秋の景色、赤い灯の魅力に触れようとする赤ちゃんの、その指を詠みたいのだ。

「ややの指」に焦点を絞り、光に手を伸ばして、指を透かして見る赤ちゃんの姿に、視点を置き換えてみた。「赤い灯」とバスの車内のことを思い切って省き、「行く秋や光に透かすややの指」としてみた。

過ぎ行く晩秋の風景と、柔らかなややの指との対比が、優しい色合いを帯びてきた。無垢なややの様子が少しは見えてくるだろうか。

何を詠みたいかということに目を留め、自分にとって大切な心の動きを捉えて一句にしたいと願っている。

成句　**行く秋や光に透かすややの指**　（高山真木子）

第一に、俳句の題材がバスの中で出合った光景であることに感心しました。原句は確かに季語がありませんが、詠みたいものがはっきり捉えられています。このように、感動の焦点が明らかであると、推敲の方向が定まります。

推敲過程にあるように、「赤い灯」の扱いは難しかったと思います。これを伝えるためにはバスの中の光景であることがわかるように表現しなければなりません。季語を「秋うらら」にしてまとめると、〈ややの手にバスの灯赤し秋うらら〉でしょうか。どうしても説明になります。そこで、思い切って視点を置き換えてみた工夫が成功したのだと思います。

成句は季語もよく働いていますが、「透かす」の主体がやや曖昧です。「やや」自身なのか、誰かが「ややの指」を透かしたのかが明瞭であるほうが光景がよくわかります。そこで、次のようにするといいと思います。表記も全体のバランスを考えて、漢字の「嬰（やや）」を使いました。

添削　**行く秋や光に透ける嬰の指**

⑯ 季語の工夫

原句　**朽ちかけし舟板の壁冬日和**

冬の手賀沼（てがぬま）吟行の句である。一月であったが、晴れて暖かな日であった。沼には多くの水鳥が群れをなしていた。

手賀沼のほとりは、大正時代、白樺派の志賀直哉（しがなおや）や武者小路実篤（むしゃのこうじさねあつ）らが暮したところであり、また当時は別荘地でもあった。柳宗悦（むねよし）、バーナード・リーチなどの民芸運動の収集品が白樺文学館に展示されているとともに、文人らの住居跡や古い別荘も残されている。掲出句は旧村川別荘を訪れたときのもの。別荘の壁の一面が虫食い穴のついた板で「舟板」との案内があった。「あーこれが舟板か」と思い、出来たのが原句。舟虫が食ったと思われる跡は面白く、「朽ちかけし」と表現した。ただ当日の句会では、下五の季語が弱いと思い散策の途中に目にとまった花八手（はなやつで）に変えて、

朽ちかけし舟板の壁花八手

として提出した。
後日、舟板を調べてみると、船に使用した古材で、その腐朽したのを粋と見て、板塀などにしたとあった。舟板とはもともと朽ちているもので、上五は言わずもがなであった。旧村川別荘は竹林に囲まれていて、竹の葉がサワサワと鳴っていたことを思い出し、手賀沼から吹く風を湖風として成句を得た。見たままを表現しようとしても、ときには説明になってしまうことを反省している。

成句　**舟板の壁に湖風花八手**

（沖本憲治）

冬の手賀沼吟行とのことで、たくさん題材はあったでしょうが、「舟板の壁」に焦点を絞った推敲が良かったと思います。原句の「冬日和」は冬の明るい日差しは見えるものの、

「朽ちかけし」が古いものによく使われる言葉なので、季語が無難でもあり全体が平凡に見えます。季語を推敲したのは正解だと思います。

成句の「花八手」は「舟板」とともに地味ですが、一句を手堅くまとめるには効果的です。問題はここに「湖風」が加わったことで、材料が多くなってしまった点です。舟板を使っているのはたいてい水辺ですから言う必要はありません。もし「湖風」を加えるのなら、「花八手」は外して、風を季語とするほうがいいでしょう。例えばこのようにまとめることが出来ます。

舟板の壁に沼より北吹けり

次の句は、趣味的な「舟板」ということを伝えるために「旧邸」という言葉を加え、風格を出してみました。

添削　**旧邸の壁は舟板花八手**

⑰ 動詞を少なく

原句　夕風や匂ふ枯木に透ける星

自宅近くの善福寺川に沿った公園を自転車で走っていると、だんだん夕闇がせまってきて、枯木の間に星が透けて見えます。一帯はメタセコイア、欅（けやき）、百合樹（ゆりのき）、桜などの落葉樹が多く、枝々の間から星が光り始めました。あたりには何か記憶にある匂いも漂っています。一応、原句を頭の中にインプットしたのですが、これでは見たままを五七五にしただけ。その時、「枯木」という季語の傍題に「枯木星（かれきぼし）」があるのを思い出しました。よし、季語はこれでいこうと決まりましたが、今度は匂いの正体が気になります。しかし、もう暗くてあたりの様子はよくわかりません。

家に帰ってから、ふっと気づくものがありました。あれはきっと、子供の頃習っていたヴァイオリンの弓に塗る松脂（まつやに）の匂いだと。翌日、もう一度出かけてみました。確かに黒松に松脂がついていました。しかし「夕闇に松脂の香や枯木星」では気に入りません。
二、三日して描きかけの絵を仕上げなくてはと、青墨を磨りはじめました。日本画では輪郭を薄墨で描きます。その時、「あれ、この匂いはあの善福寺川の……」。墨は松の根を燃やして出た煤を膠（にかわ）で固めたものです。そして成句にたどり着きました。

成句　**夕闇の薄墨の香や枯木星**　（神山妙子）

冬枯れの落葉樹林を通り抜ける時の、「記憶にある匂い」という感覚が一句の中心になっているところが面白いと思いました。闇の中では確認できなかった匂いの正体を確認するために、再度、現地を訪れているなど、一句に向き合う姿勢がとても丁寧です。

原句の「枯木」の匂いから、「松脂」さらに「薄墨」と、嗅覚を働かせて推敲が深まってゆく様子がよくわかります。「松脂」から「薄墨」への閃（ひらめ）きは、作者だからこそそのものでしょう。原句と成句を比較すると、原句は「匂ふ」「透ける」と動詞が二つある上に、中七以下が「AにBするC」と叙述の形をとっていることがわかります。基本的に、動詞を少なくすることで、俳句はすっきりする上に、叙述の形も解消されます。

成句は「枯木星」という季語の斡旋（あっせん）によって、「枯木に透ける星」という説明的な表現が解消し、動詞も減りました。また、「夕闇」そのものに匂いがあるようで、推敲が一段階深まっています。

その上で、上五の「の」を「は」にしてはどうでしょう。冬枯れの夕闇そのものの香りを「薄墨の香」と表現することで、風景も「薄墨色」に見えてきます。それが、作品の深みにつながってゆくと思います。

添削　**夕闇は薄墨の香や枯木星**

⑱ 動詞を印象的に

原句　野鼠の死んで落ち葉に包まるる

　ある年の十一月、八ヶ岳南麓、標高千三百メートルにある私の勤務する職場の自然観察会で、すぐ近くの吐龍（どりゅう）の滝の森に出かけたときのことだった。森は紅葉も終わりに近づき、落ち葉が敷きつめられていた。その中に、小さなネズミが、縫いぐるみを転がしたように横になっていた。すでに死んでいたのだが、まるでアニメから抜け出たネズミが眠っているように見えた。とっさに作ったのが原句である。

　見たままの句であるが、私は、小さないのちが自然の厳しさの中を生き抜き、敷き詰められた色とりどりの落ち葉につつまれて絶命している姿に、哀れみとも安らぎともつかない気持ちを感じていた。

　その日の夜は、空気が澄んで満天の星であった。私は森の観察会で見たネズミのことを思い出していた。「今頃は、あのネズミは、煌々と降り注ぐ星空の下、森の落ち葉の中で眠っているのだろう」と思った。そして、昼間作った句を、次のように推敲した。

眼をとぢて野鼠死んで冬の星

「眼をとぢて」に変えたことで、ネズミの表情が少し出たような気がした。しかし、「死んで冬の星」では、因果関係が感じられると思い、推敲した。

「死んで」を「死せり」として強く切った。さらに、季語を「冬銀河」に変え、空間の広がりを出そうと考えた。

成句 **眼をとぢて野鼠死せり冬銀河**

（桜井　伸）

八ヶ岳南麓に職場があるという作者ならではの作品で、宮澤賢治の世界に通じるものを感じます。普通ならやや甘く感じられる「冬銀河」という季語も、実際に満天の星であっ

たということもあり、この句の場合、小動物の死に対してごく自然に選択された季語であることがわかります。

推敲の過程がしっかり辿(たど)られていて、作者が「死」を安らぎとして捉えるために「眼をとぢて」という表現を選んだことも伝わりました。そこで、推敲すべき点は「死せり」の部分です。

成句は「閉じ（づ）」「死せ（死す）」と二つの動詞が使われています。「AしてBする」という型です。これは一つの表現の型ではありますが、やや説明的になるので、外せる時は外してもいいかと思います。ただ、そうすると「閉ざせし眼」となって、眠っているようにも読めます。

そこで「瞑(めつむ)る」を使い、死んでいることがわかるようにしてみました。眼をとじた野鼠と冬銀河だけを組み合わせることで、印象が鮮明になるのではないでしょうか。

添削　**野鼠の瞑る眼(まなこ)冬銀河**

⑲ 新年詠はめでたく

原句　初鴉(はつがらす)あかときの空使ひきる

新年になったばかりの明け方、鴉の声で目が覚めた。静寂の中の声は美しく一面に広がっていった。まだ起きる時間ではなかったが、句帳を取り出して、原句「初鴉あかときの空使ひきる」と書き、寝入ってしまった。

強い地震に再び起こされた。

前年の東日本大震災からまだ一年も経っていなかったので余震は幾度となく続いていた。起き出して書きなぐりの原句を見た。人間とは違って鴉は空を飛べるから地震は感じなかったろうと思った。

そこで、「あかときの空」と時間を限定せずに、次のように推敲した。

初鴉大きな空を使ひきる

しかし、リズムが良くないと思い、季語を下五に据えたのが成句である。吟行のあと直ぐに句会をすることがあるが、納得のゆく句を詠めた例がない。後日、何回も推敲することとなる。

推敲に当たっては、上手くいくこともあるが、いじり過ぎて訳のわからない句になってしまうこともある。思い入れの強い句ほど一人よがりになることが多いようである。でも俳句は「多作多捨」「推敲」をくり返すことが上達への道なのだと思う。

成句　**大空を使ひきつたり初鴉**　（手塚京子）

いい推敲だったと思います。原句の問題点は、第一に「何が」「どうした」という形になっていることです。

あかときの空使ひきり初鴉

なら落ち着きます。新年の空ですから、「あかとき」という言葉も効果的です。しかし、それをあえて捨てて、「空」だけで詠んだ潔さが、一句の清々しさに繫がったのだと思います。その上で、

大空を使ひきるなり初鴉

もあります。「使ひきつたり」は促音によって勢いがありますが、「使ひきるなり」とすれば、のびやかさが出ます。

ここからは、作者の個性、好みです。新年詠はめでたく、おおらかに、が基本だということを押さえて、別案を考えてみました。作者自身が冒頭に、「鴉の声で目が覚めた。静寂の中の声は美しく一面に広がっていった」と書いていますから、新年を迎えたばかりの「あかときの空」に広がる鴉の声を詠む方法もあると思います。これをさらに工夫して「あかときのこゑ」としてみました。

別案　**あかときのこゑ使ひきる初鴉**

⑳ 数詞を使う

原句　**拡がってまどろみをりぬひどり鴨**

冬の暖かいひと日、河原の土手に上がったひどり鴨は、それぞれの場所で柔らかいヒロハウシノゲ草を食んでいます。そのため、ひどり鴨のペレット（糞）は緑色をしており、雑食のオナガ鴨とは違います。ひどり鴨の、横に拡がりまどろむ姿は、戦国時代の陣構えのひとつ鶴翼（かくよく）の陣のようでもあります。原句では状況を説明しただけなので、上五を鶴翼の陣としたのが一案。

鶴翼の陣を張り得てひどり鴨

しかし、どうも中七が説明的になってしまいます。そこで中七を「陣を構へり」としてみました。

鶴翼の陣を構へりひどり鴨

更にひどり鴨から離れてみました。

鶴翼の陣を構へり鴨の群れ

これだと鴨が陣立てをしてしまったとなってしまい、変化が見えて来ません。ひどり鴨が少しずつ群れており、また少しずつ移動して、河原の原っぱにあたかも鶴翼の陣を構えたように見えてきました。その変化の過程を、中七で「構へとなれり」とし、下五を「鴨の陣」と名詞止めにしました。この結果、最終案として成句となりました。

成句　**鶴翼の構へとなれり鴨の陣**　（武藤三山）

しっかりした写生に基づいた綿密な推敲だと思います。それを可能にしたのは、作者が鳥の名前にも草の名前にも知識があるからで、「もの」を正確に見ることが対象を正しく捉える基本だとよくわかります。一口に「鴨」といっても、いろいろな種類がいますが

「おなが鴨」や「ひどり鴨」を正しく見分けられる人は少ないでしょう。

原句は、「拡がる」、「まどろみ＋をり（複合動詞）」と動詞が多用されているので、それだけ説明的だという点が問題でした。しかし、「鶴翼の構へ」という言葉を使ったことで、動詞が整理されて、句の姿がすっきりとしています。また、「ひどり鴨」は色彩に特徴があるので捨て難いのですが、それも捨てた潔さにも感心しました。

ここでは、別案として「鶴翼」という言葉を使わない方法を考えたいと思います。一句の上下に「鶴」と「鴨」が登場するからです。また、せっかくの「ひどり鴨」を使いたいという思いもあります。そこで使うのが、数詞です。「一陣の構へ」とすることで、具体性は欠きますが、あるまとまりになっていることはわかります。

別案　**一陣の構へとなれりひどり鴨**

㉑ 実感を詠む

原句　凧揚げて運動場の広さかな

「凧」の兼題をいただいた時、思い出したのが、五十年以上も昔の郷里の小学校の運動場の風景でした。

当時は、授業が終っても、運動場ではいつも子供達が遊んでいました。

季節が春であったか定かではありませんが、新聞紙で凧に脚を付け、糸を持つのは兄で、凧を揚げるのは私の役目でした。掛け声とともに走るのですが、足の速い兄について行くのが精一杯で、凧の脚を踏んで切れてしまったり、転んでしまったり、成功するのは何十回と走った後の二、三回だったと思います。

ようやく風に乗って揚がった凧を見上げながら、ひたすら嬉しかったことを今でも思い出します。その時のことを詠んでみました。

原句では凧揚げと運動場の関係がわかりにくく、自分が揚げているのか、凧を揚げている人を見ているのかがわからないと思いました。

凧揚げの上手な兄を待ちにけり

場面を変えて、兄と凧揚げをするときの期待感を捉えてみましたが、「待ちにけり」では「凧揚げ」が生きません。やはり、息が切れるほど走った実感を中心にするほうが臨場感が出ると思い、中七を「走りきつたる」とすることで成句となりました。

成句　**凧を手に走りきつたる運動場**　（竹林雀中）

十七音字によって思い出を詠むのは難しいことですが、一句に詠んで記憶に留めたいことはたくさんあります。

掲出句は、兄と凧揚げをした日の記憶で、推敲過程によって焦点が定まってゆく様子がよくわかりました。原句、推敲句と比較して、成句は格段にいい句です。「走りきつたる」に達成感が出ています。「凧を手に」と言っているので、凧が揚がる前の場面であることもよくわかります。この句はこれで出来上がっているでしょう。

もともとは、兄との凧揚げの思い出がテーマだったということなので、成句では捨てられた「兄」を復活して、別案を考えたいと思います。

この場合は、外す言葉は「運動場」です。凧揚げに広い場所が必要なことは言わずとも明らかです。上五を「凧揚げの」とするとわかりやすいのですが、あえて「いかのぼり」として、遠い日の思い出が、凧として浮かんでいるような味わいにしてみました。「ありぬ」の「ぬ」は完了の助動詞で、「あった」と強める働きをしています。

別案　**いかのぼり兄と駆けたる日のありぬ**

㉒ 読ませどころは一つに

原句　寒鴉(かんがらす)首艶めきて屋根の上

　それまで美しいと思ったことがなかった鴉ですが、ある日、冬の朝日を浴びながら屋根の上で胸を張っている鴉を眼にし、首から胸にかけて青緑色に煌(きら)めいている美しさにしばし見入ってしまいました。

　この美しさを詠みたいと思い、とにかく見たままを急いで書き留めたのが原句です。推敲に取り掛かり、まず場所の説明の「屋根の上」を取りました。そして「煌きといふ色得たり寒鴉」としてみましたが、これでは鴉が胸をそらして屋根に居た様子がわかりません。

　もう少し鴉の様子を描写した句にしたいと思い「煌きをまとひ立ちをり寒鴉」としてみましたが、今度は鴉が日射しを浴びているとわかるものの、黒一色だと思っていた羽の色が陽を浴び美しい変化をみせているということを言い得ていません。この段階でもう一度何が詠みたかったのかを突き詰めた結果、「陽をまとふ」のではなく「陽にさらす」という表現にたどりつき、詠みたかったことを詠めたように思いました。

この時は俳句を始めて一年半程でした。今読み返すと三段切れになっており、まだまだ推敲の余地ありと思っています。

成句 **秘めし碧陽にさらしをり寒鴉**　（静　友己枝）

推敲過程が丁寧に辿られていると思いました。そして、推敲によって、感動の中心が何だったのかに気付くことが出来たのが良かったと思います。

俳句としてまとめるために、実感や感動から遠ざかるということは、もっとも避けねばならないことで、俳人の石田波郷（はきょう）氏も「感動の中心をずらさない」ということを言っています。

原句は下五の「屋根の上」が場所の説明に終わってしまっています。また、鴉の羽の黒々とした光沢を捉えた表現としては、「艶めく」もありがちな言葉です。それに対して成句の、「陽にさらしをり」には、鴉の存在感が感じられます。一句としては読ませどころが一つあれば十分です。鴉の羽が黒であることは誰でも知っていますので、「碧（みどり）」と言えば、日に輝いてそう見えることはわかるでしょう。「秘めし」は不要ということになります。

あとは表記の工夫ですが、俳句では、太陽の意味で用いる時は「陽」ではなく「日」とするのが一般的です。おそらく「陽」という字が目立ち過ぎるからだろうと思います。中七に「なり」と断定の切字を用いて、「寒鴉」の堂々とした様子を表現しました。

添削　**日ざらしの胸碧なり寒鴉**

㉓ 表現の工夫

原句　一月の鞍並びたる空真青

一月下旬のこと、坂戸市にある動物園へ行った。とても寒かったけれども抜けるような青い空が広がっていた。東上線で高坂まで行き、あとは高坂からバスで動物園まで行く。「こども動物自然公園」である。馬の飼われている廏舎に入った時、あまりのすがすがしさにびっくり。鞍が壁に整然と並んで掛けられ、飼葉桶には澄み切った水。土間にはくっきりと箒の目がついていてとてもさっぱりとしていた。

とりあえず上五は「一月の」と置いた。下五は空へ展開したほうが良いと思った。それほどきれいな青い空であったからである。

しばらく日を置いてから眺めると、やはり「一月」の安易さが気になる。それよりも季語を「大寒」として、句を引き締めたほうが良いと思った。そして印象に残った「飼葉桶」や

「箒(ほうき)の目」も何とか詠みたいとも思ったが、やはり景色は鞍だけに絞り、廏舎のすがすがしさは「大寒」と「空真青」に任せようと思った。何度も考えてみた結果、この組み合わせで、すがすがしい箒目のつく廏舎も、真新しい水も見えて来るのではないかと思い、季語の変更のみにとどめた。この推敲が成功したかは自信がないが、ともあれ季語の斡旋が最も重要なのだということを改めて感じた一句となった。

成句　**大寒の鞍並びたる空真青**　（赤瀬川恵実）

冬の動物園という題材から、動物そのものではなく「鞍」に焦点を絞っているのが、面白いと思います。動物園を訪れたのが一月下旬ということですから、新年の気分もあったでしょう。その清々しさが冬の青空に捉えられています。下五で空へと展開した効果です。

原句と成句では、季語の入れ替えのみが行われています。「大寒」は確かに句を引き締める効果がありますが、この句は「大寒」の「鞍」の並んだ「空」が「真青」だった、という内容です。「大寒」は「空」を形容していますから、むしろ、「大寒の空真青」とまとめる方がいいのではないでしょうか。そうすると「冬青空」という季語を使うほうが、句がすっきりまとまりそうです。

次は「鞍並びたる」の部分ですが、描写としてはやや弱いように思います。そこで、「鞍が壁に整然と並んで掛けられ」を生かす方法として「ひと並び」という表現方法を使ってはどうでしょう。「厩舎に鞍のひと並び」としてまとめたいところです。

添削　**冬青空厩舎に鞍のひと並び**

㉔ 題材を生かす

原句　地下壕の闇を照らさん冬満月

自宅近くにＫ大学のキャンパスがある。駅を出るとすぐ見事な銀杏並木(いちょうなみき)に迎えられ、陸上競技場を横目に緩い坂を上がってゆく。私はこのキャンパスを散歩や食事・公開講座等何かと利用させてもらっている。実はこのキャンパスの地下に「連合艦隊司令部」の大きな地下壕が残っている。「戦艦大和」や「特攻隊」の出撃指令を発し、戦後占領軍に接収されたと言う。見学会も実施されている。

十二月末、ライトをおとし夕闇に沈む競技場を私は見下ろしていた。折しも満月が中天に懸かり雫(しずく)で潤んでいる。

周囲の土手には水仙の花が仄(ほの)かに浮かんでいる。先程まで走ったり、投げたりしていた運動部員が潮の引くように消え、闇の空間が静かに拡がっていた。

天から降ってきたこの感動をそのまま詠みたいと、すぐに自宅に取って返した。

青春のキャンパス、フィールドの躍動、特攻隊、地下壕、月と水仙等全部読み込みたいと欲張ってみた。しかしそれは無理だと観念して「闇」に託する苦しまぎれの原句となった。

しかし闇は地下壕や満月に重なり、また地下壕には「闇」が無くただ分厚いコンクリート壁があるのみである。

そこで数日後に上五を「や」で切り、闇と満月にかえて、次の成句とした。

成句　**地下壕や影の白しら冬の月**

（都筑　興）

大学の敷地の下にある地下壕、さらにそれが「連合艦隊司令部」であったという題材そのものに迫力があります。しかも、その上は大学の陸上競技場で、若者がそれぞれ練習に励んでいるというのも、時代が層を為しているようで心を打たれます。

原句は「冬満月」との組み合わせが良かったと思います。ただし、現実には「地下壕の闇」を、「冬満月」が照らし出すことは不可能ですので、象徴的な意味なのだろうと理解せざるを得ません。もし、写実的な句にするのなら、

地下壕は闇の中なり冬満月

となります。一方、成句は「地下壕」を描写せずに、「冬の月」の描写によって陰影を出そうとしたのでしょうが、かえって迫力のない句になってしまいました。「影の白しら」がよくわかりません。「影白しらと」なら意味はわかりますが、何の影なのかが伝わらないのです。それよりも、まずは題材そのものを生かす方がよいのではないでしょうか。

添削　**地下壕は連合司令部冬の月**

㉕ 主体を明瞭に

原句 如月の風にのりくる声のあり

四十数年前の二月六日、入退院を繰り返していた母は五十四歳で他界しました。二月が来ると、どうしようもなく母のことが詠みたくなります。しかし、原句「声のあり」では、何の声なのか、どういう声なのか、誰の声なのかわからない。そこで、「ははのこゑ」と明確にし、また、「如月」では、少し柔らかいように思い、「二ン月」という季語を得て、

二ン月の風に乗りくるははのこゑ

となりました。

でも、中七が中途半端で、「風に聞くなり」「風の中より」等々、試行錯誤していくうちに、「二ン月の風にも乗せよははのこゑ」と、少し母への思いが形になってきましたが、まだ、すっきりしない。もっと「こゑ」を側におきたい。きっぱりとさせたい。「風にも」の「も」が

曖昧。推敲していくうちに「風に乗せ来よ」という語を得て、私なりに納得し、成句が出来上がりました。

風は吹く、雨は降る、音は響くといった当たり前のことを言っていないか、独りよがりになっていないか、どのように感じ、どのように表現すればよいのか、しっかりと見極めながら、推敲力を高めていきたいと思います。

成句　二ン月の風に乗せ来よははのこゑ　（上野和子）

若くして亡くなられた母上への思いが、深く根気良い推敲に繫がって、いい作品を生み出したのだと思います。

まず、基本事項として気を付けたいのは、原句の「如月」は陰暦なので、現代の暦では三月になるということ。もし、「二月」の意味で用いるのなら「睦月」になります。

もう一点。成句は「風に乗せ来よ」なので、主体がやや曖昧です。「ははのこゑ」を乗せるのは、「はは」自身なのか、あるいは「風」なのか、それとももっと大いなる何かの力なのでしょうか。母自身が主体なら〈二ン月の風に乗り来よははのこゑ〉。風が主体なら〈二ン月の風よ乗せ来よははのこゑ〉です。

しかし、どちらも調べがよくありません。そこで発想を変えて、別案を考えてみました。母への強い語り掛けによって、母恋(ははこい)の心情を表現する方法です。「風に乗りて来よ」という表現そのものが切ないので、全体の語り掛けが強いほうが読者の心に響くと思います。

なお、亡くなった母や父を「はは」「ちち」と表記する方法がありますが、この句の場合は内容から考えて亡くなられていると想像がつくため、漢字表記としました。

別案 **母の声二月の風に乗りて来よ**

㉖ 行事を詠む

原句　**御松明果てて堂宇のがらんどう**

　三月の京都吟行で、嵯峨清涼寺の「御松明式」を見た。この行事は、入滅した釈迦が荼毘に付される様を表していて、高さ七メートルの大松明三本の炎が天に届かんばかりに猛るのだった。

　清涼寺は、洛北の山際にあるので、夜が更けて闇にすっぽり包まれるなか、立派な大伽藍は燃えんばかりに火の粉を浴びて豪壮そのものだった。しかし、次第に火力が衰え崩れた煤が燻ぶる頃には、ぎっしり境内を埋めていた観衆もほぼ去り、先ほど涅槃会大法要が行われた本堂の灯りだけがやけに目立つ。

　私は急いで戻り、人気のない本堂を覗き込んだ。法要時の荘厳さを残しつつも虚脱したような明るさの中に大涅槃図が所在なく垂れ下がっていた。その空っぽの印象が原句である。

ところが句会で、それは当り前のことと主宰よりご指摘があった。そこであらためてその時に立ち戻り、明るい堂宇を仰いだ時の空の暗さに思い至った。

私の脳裏にあった盛大な炎の柱の残像のうちに眺めた真闇といってもよい空。あの時見たのは単にのっぺりとした塗絵の空ではなく、大松明の火柱をつい先ほどまで容れていた立体的な空なのだ。その盛大な火を失った後の空こそが、がらんどうではないか。そう確信してやっと新たな一句が生まれた。

表層だけ見ることなく、自分の感覚を研ぎ澄ませ、重層的に観察することの大切さを学んだ吟行であった。

成句　**御松明果てて闇夜のがらんどう**　（板垣美智子）

基本的に「行事句を詠むのは難しい」ということを踏まえておきましょう。見た事柄や場面の報告になってしまうことが多いからです。しかも、この行事のように「お松明」と書けば奈良東大寺の修二会（お水取り）を表し、「御松明」が京都清涼寺の涅槃会を示す、というような、季語の使い分けがある場合は、とりわけ誤解を生みやすく風景の切り取りが難しいのです。

原句は、行事終了後の空虚な「堂宇」を詠んだ句で、作者としては発見があったことがわかります。しかし、行事が「果てて」、「堂宇」が「がらんどう」になったというだけでは、「がらんどう」という言葉が十分働いていないのです。そのため平凡に見えてしまうのだと思います。それに対して成句は、「闇夜」が「がらんどう」になったと言ったことで、荼毘の炎が燃え盛っていた立体的な空間が失われた空虚さを、捉えることが出来ました。

その上で、「果てて」の「て」を外してはどうかというのが私の意見です。「闇夜」の「夜」も外せると思います。

添削　**御松明果てたる闇のがらんどう**

㉗ 傍題季語を使う

原句　雛の間に朝の日やさしく届きたる

京都・北野天満宮の西を流れる紙屋川に沿って、大正時代の数寄屋建築「平野の家　わざ永々棟」という建物がある。ここで二月の終わり頃から、曜日限定ではあるが約一か月間、「ひなまつり」という催事が毎年恒例で行われている。

三月の兼題投句に「雛祭」が出された。この兼題に私がまず思い浮かべたのが、この「ひなまつり」祭事であり、そこで早速出かけてみた。二階建ての建物の各部屋に享保雛、古今雛など江戸時代の人形から現代までの雛人形各種、その他、雛調度や市松人形などが飾られていた。訪れた当初、私は「雛の間」などの傍題季語で句が詠めればと思い、作ったのが原句である。

句を詠んではみたものの、「朝の光がやさしい」のは当たり前のことであるし、それよりこの句は、単なる「ことの報告」でしかない。

「雛祭」は女児の幸福や健やかな成長を願って行われる。季語としての私のイメージには、「いたわり」「やさしさ」などがあって、そうしたことを表現できればと思った。

建物の庭は、北野天満宮「もみじ苑」の木々を塀の向こうに見ることができ、そこに朝の日差しが柔らかく降りそそいでいた。そこで次のように詠んでみた。

成句　**庭先に日の斑こぼるる雛祭**　（松田光次）

「平野の家」のことは知りませんでした。大正時代の数寄屋建築での「ひなまつり」とのこと、訪ねてみたいと思います。

原句は「朝の日やさしく」が八音であり、「雛」と「やさし」が近いという点も気になるので推敲したいところです。その結果、北野天満宮から射す「日の斑」に眼が留まったのがとても良かったと思います。「こぼるる」にも優しさが感じられます。

しかし、「日の斑こぼるる」は表現としてはよくあるのです。「日の斑」はよく見ていると、生まれたり、消えたりと、結構移ろっていることがわかります。そこで、「日の斑広ごる」としてみました。

季語の「雛祭」は、庭先という場所を生かすためには、「雛飾」という具体的な季語にするほうが、光景がより明瞭になるでしょう。「雛祭」は行事の名前、「雛飾」は具体的な「もの」。傍題（言い換え季語）を効果的に使いたいところです。

添削　**庭先に日の斑広ごる雛飾**

㉘ 漢語を生かす

原句　**梅雨明けや罅（ひび）割れ光る波の紋**

池や湖のさざ波は、季節、天候、時間、風などによって、さまざまに変化する。梅雨の半ば、平泉（ひらいずみ）・毛越寺（もうつうじ）で、「さざ波は亀甲（きっこう）模様梅雨の月」の句を詠んだ。

流れのない池の水面が風にさざ波立ち、縮みのような波紋を生じていた。崩れた波の揺らぎが亀甲模様に見えた。毛越寺の静謐（せいひつ）さを梅雨の月の季語に託して、池のさざ波の句としたものである。

ひと月を経た六月末、榛名（はるな）湖を訪ねた。池のさざ波とは異なり、湖畔の透明な砂底に、寄せては返す動くさざ波があった。往還の波の交叉（こうさ）で現れる鎖の帯状の罅割れが、梅雨明けの光に反射する波紋を詠んで、湖のさざ波の原句とした。

しかしながら、六月末の山の湖は晩夏の色濃く既に冷たい。梅雨明けの季語では眼前の風景と季節感にずれがある。また、「罅割れ光る」の措辞が、現場を知らない読者に理解されるのは難しい。改めて波の様子を眺めてみる。

水面に現れた罅割れは、表面だけでなく澄み切った水底にまで影を落としている。晩夏の光を通して複雑な波の模様が輝き、その影を水中に漂わせている。

「晩夏光」の季語を介することで波の影の深さを捉え、夏深い山の湖のさざ波の成句とした。対象を絞り込み、抒情(じょじょう)の伝わる言葉を究(きわ)めていく。そこに句作の苦しみがあり、楽しみもあると感じている。

成句　**さざ波の影の深さや晩夏光**　(井上宣孝)

緻密で正確な自然観察、集中力のある作句に驚きました。平泉での作品は「亀甲模様」という表現によって光景がよく見え、完成しています。

次に訪れた榛名湖で、「池」と「湖」の違い、季節の違いを捉えるという難しい課題に挑んでいる点は立派です。榛名湖で「往還の波の交叉で現れる鎖の帯状の罅割れが、梅雨明けの光に反射する波紋」の様子を写生したのも対象把握が正確です。しかし、その結果としての原句「罅割れ光る」は、確かによくわかりません。

そこで、推敲の結果得られた「晩夏光」は良いと思いますが、この季語には晩夏の光の翳(かげ)りが含まれています。また、「さざ波の影の深さ」は、表現として読者を引き寄せる言葉が無いので、むしろ平凡に見えてしまいます。

文章の中に「往還の波の交叉」「影を水中に漂わす」など、推敲のヒントになる表現がありました。これを生かしてはどうでしょう。どちらも漢語をつかい、硬質な韻律です。

添削1　**往還の波交叉(こうさ)せり晩夏光**

添削2　**水底に深き晩夏の波の影**

II

俳句表現のテクニックを試してみる

① 実感を捉える

原句　水音の木橋の影の座禅草

自宅から手近に行ける吟行地の一つが武蔵野の古刹、深大寺及び隣接する神代植物公園。その植物公園付属の水生園もまた四季折々楽しめる場所である。

三年ほど前の三月、水生園の木橋に「この下に座禅草あり」という小さな札を見つけた。屈みこんでみると、確かに行者が座禅するが如き花が咲いている。歳時記には「主に湿田に三月から五月にかけて、暗紫色の仏焰苞の中に太い肉塊状の花をつける」とある。

取り敢えずメモ代わりにスケッチしたのが原句である。初めて会った花だけに、是非とも成句に仕立てたい。しかし「座禅草」という名前そのものがものを言っており、さらに初めて詠むときは、珍しさから季語や場所の説明になりがちだ。

原句もまさにその通り。切れもない。まずは「水音」と「木橋」を外す。代わりに座禅草の持つ静謐(せいひつ)な感じを浮き彫りにしたい。そういえば屈みこんでいた時、午後の日差しが影を深めつつあった。ということで、いっそのこと夕闇に溶け込んでいく中にこの花を置いてみる。座禅草というある種の花の佇(たたず)まいも表現できそうである。

できるだけものを言わない句になっただろうか。ただ成句は、上五の「一切は」という常套句(じょうとうく)に、安易に頼っているのではないか、という思いが残る。来春にはもう一度挑戦してみたい。

成句　一切は夕闇にあり座禅草　（岸根　明）

「深大寺」や「神代植物公園」は恰好の吟行地。俳人・石田波郷の眠る墓地もあるので、定点観測地にしたい場所です。

原句は確かにメモですが、上五と中七を繋ぐ「の」、中七と下五を繋ぐ「の」と、助詞の使い方が的確です。「座禅草」は名前が多くを語っている上に、水や光を組み合わせたくなるため、類想になりやすいという点でも難しい題材だと思います。

一方の成句は、やはり「一切」という表現が気になります。推敲の過程でどんどん削ぎ落とし、形を整えた結果、実感まで削がれてしまったようです。

推敲の芯になるのは実感です。これを中心に据えておくことを忘れないでおきましょう。「一切」とまとめてしまう手前で、夕闇に溶ける前の、「座禅草」の姿や名前のもつ不思議を残しておきたいと思います。

次に挙げる句の「影」は姿や形の意です。

添削　**夕闇に影つよめけり座禅草**

②　具体的に捉える

原句　蒼天を鳶の旋回雛送り

神奈川県芦名海岸は、逗子駅からバスで三十分位の所にある。丘の上には小さな淡島神社がある。そこで毎年三月三日に雛流しと針供養が行われる。普段は静かな小さな港であるが、この日は海岸沿いに露店が沢山出ており人で賑わっていた。

当日は晴天で、鳶が青空を旋回していた。時々鳶笛も聞こえ、とても気持ちの良い日であった。そこで原句を書き留めた。沖には霞が掛かっていたので、富士山が望めなかったのは残念だった。

家に帰ってもう一度考えてみると、これでは季語が動くと思い、思い返してみた。淡島神社で雛の供養をした後、雛を舟に乗せて巫女さん二人が海辺まで運び、斎竹の中に収めた。そして神官による祝辞の儀が執り行われた。その時突然、鳶が雛を目がけて真っ直ぐ飛んできた。雛に何か囁いているようにも見えて驚いた。まるで雛を供養しているように思えた出来事であった。そこで旋回を「滑降」としてみた。これでもまだ鳶が雛に近づいて一瞬囁いたような感動が物足りないと思えた。

そこで、「近づいて鳶の嘴先雛送り」としたが、これでは独りよがりになっていると思い、成句に至った。

行事を詠むのは難しいと思いました。これからも季語になっている行事を積極的に見に出掛けたいと思います。

成句　斎竹を掠めたる鳶雛送り

（星野将江）

私は和歌山県の淡島神社の雛流しは見ているのですが、芦名海岸の雛送りも、ぜひ一度訪ねたい行事だと思っています。

さて、原句は大景と小景を対比して捉えているものの、描かれた風景はごく一般的です。せっかくの雛送りについての具体的な描写がありません。また「鳶の旋回」もよくある描写なので、季語が動きます。推敲過程で考えた「近づいて鳶の嘴先雛送り」は、

降りて来る鳶の嘴雛送り

とすれば一句になると思います。

一方、成句の「斎竹」は「雛送り」の場に臨場感を与える上に、「鳶」の姿もしっかり見えます。「斎竹」は結界を作るものですから、神聖な場面であることがわかります。具体的に物を捉えたことで、風景が明瞭になったのです。いい推敲だったと想います。

ただし、「斎竹」を「掠めたる」「鳶」とまとめたために、「鳶」を形容することになってしまったのです。この句は「雛送り」の句ですから、上五・中七で「どのような」と「雛送り」を描写すると良いでしょう。つまり、一句の主眼は「雛送り」にあるということです。

添削　**斎竹を鳶の掠める雛送り**

③ 追悼句は形より真情

原句　椿の句忘れがたきに逝きたまひ

思いがけずに、私よりはるかに若い友人の訃報を受けた時は茫然自失というか、何も考えられない状態でした。白椿の好きな人で、凛とした立ち姿の句を今でも記憶しております。それをそのまま「椿の句」と上五に置き、「忘れがたきに」を「忘れがたきを」などとしてもみましたが、何としても甘く、俳句としての切れもなく、曖昧なところを余情として逃げているような不安定な句でした。

いくつか句を詠んだのですが、やはり一番自分の素直な気持ちを表わすには、友の葬儀に行きながら、追い立てられるような、切迫した気持ちを感じたことを、そのまま句にしたいと思いました。葬の寺に入ったとき、彼女を象徴するかのような「白椿」が目に入りました。咲きいそぎ、散りいそぐ「白椿」のように、彼女の清楚なイメージが何度も立ち上がってきました。あらためて読めば、未熟な感があるものの、シンプルなリフレーンに、その時の私の素直な感情が出ているように思われ、成句としました。

推敲というよりは、いくつかの句を作った中での自選の説明のようなものになりました。今後は自分の句を冷静な第三者の眼で見て、根気強く推敲したいと反省しています。

成句　訃に急ぎをりしろつばき白椿

（瀬山　静）

原句と成句を比較すると、原句は亡くなった友人への思いがそのまま述べられていて、全体が説明ではありますが、成句は「訃」と「白椿」が連動して、一句に哀悼の心情が静かに流れていることがわかります。成否を分けたのは、「椿の句」という言葉を捨てた点にあります。「椿の句」という言葉を入れると、そのために状況を説明せざるを得なくなるのです。

作者も書いているように、「追い立てられるような、切迫した気持ち」をそのままリフレーンに乗せたことで、真情が表現されたのでしょう。「訃に急ぎをり」からは途方に暮れている心の内が伝わってきます。

〈塚も動け我が泣く声は秋の風〉という芭蕉の句があります。芭蕉の来訪を待ちわびて亡くなった加賀の一笑（いっしょう）への追悼句です。上五の字余りに芭蕉の思いが込められています。このように、追悼句はむしろ形を整えないほうが、亡くなった人への思いが深く表現できるのです。

次に挙げるのは「彼女の清楚なイメージが何度も立ち上がってきました」という一文に着想を得た別案です。

別案　**白椿いくたび君を呼び寄せし**

④ 擬人化を生かす

原句　まっ白な胸水平につばくらめ

その日、私は買い物のため国道沿いの道の駅を訪れていた。そこは、近くに利根川が流れ、田畑や雑木林に囲まれた場所にある。広い敷地をぶらぶらしていると、ふと目の前を燕(つばめ)が横切った。ああ、もう燕が飛び交う季節になったのだな、と無条件に嬉しくなった。

心弾ませながら、毎年燕たちが巣を作る場所へ急ぐ。天井が高く、太い梁(はり)があり、そこに巣ができていた。しばらく巣を眺めていると、巣から少し離れたもう一本の梁に一羽の燕がスーッと飛んできて、その真っ白い胸を梁に下ろし、落ち着いた声で鳴いた。まるで親が子に大切なことを語りかけるときのように。そして、その場からサッと飛び去ったのである。一瞬の出来事であったが、なんだか厳粛で大切な場面に立ち会った気がした。そこで急いで書きとめたのが原句。真っ白な胸が印象的だった。

夜、家でもう一度振り返ってみた。迷いなく巣の向かい側に飛んできたさまと、声を出した時のひたむきな様子を「まっすぐな」とした。印象に残ったまっ白な胸であるが、そこに大切なメッセージを抱えていたように思えたので「伝言胸に」とし、白さは「胸」に託した。そしてもっと燕のスピード感を出したい、燕の堂々とした感を表したいと思い、季語は視覚的に短く言い切る形で、漢字一字「燕（つばくらめ）」とし、成句に至った。

成句　**まっすぐな伝言胸に燕**

（大内信子）

対象を丁寧に観察していて、文章に臨場感があります。燕と出会った光景、伝えたいことが明瞭で、推敲過程がよくわかりました。何より、毎年出会っている燕に、今年も会えたという喜びが感じられました。これが作句の原動力です。

原句は写生句で、「まっ白な胸」に清潔感があり、「水平」という描写によって、燕の様子もよく見えます。成句は写生から、感動の内容へと踏み込んでいて、作者らしさが感じられます。

しかし、あえて言うと、主体が作者なのか燕なのかということがやや曖昧です。なぜなら中七の後に軽い切れがある上に、「燕」を擬人化しているからです。擬人化は日常的に用いられる比喩ですが、俳句で成功させるのはむしろ難しいと心得てください。「まつすぐな伝言」という表現では、残念ながら読者に伝わらないでしょう。また、材料としても「まつすぐ」「伝言」「胸」は、やや多いように思います。そこで、〈添削1〉では原句と成句を合体させ、主体も明らかにした上で「伝言」という言葉を生かしました。これをさらに印象的にしたのが〈添削2〉です。

添削1　**まつ白な胸に伝言つばくらめ**

添削2　**伝言をましろき胸につばくらめ**

⑤ 焦点を絞る

原句 群青のくすめる襖日短か

桂離宮に、松琴亭という茶室があります。茶室の襖の群青は、前田家との縁を語っています。親王と前田家の姫君との婚姻による前田家の援助が大であったとのことです。

私は若い頃、金沢に数年、暮らしていました。兼六園に隣接する成巽閣の群青の間を、よく訪ねました。あの部屋の群青の色は、今も記憶にあります。

昨年の初冬、久し振りに、松琴亭の茶室の群青を見る機会を得ました。

そこで目にしたのは、記憶の色とはあまりにもかけ離れたものでした。そこで原句をメモしました。

しかし、原句は報告だけに思えます。あの時、何故、あんなに群青の色が気になったのか。

一般公開の為、開け放たれており、退色は当然です。そこで、あの茶室の間を思い返しました。奥の間と手前の間を仕切る襖は、白と群青の市松模様です。白のみの襖だったら、どうであったろうか。群青のみの場合はどうか。白と群青を初冬の午後に見れば、白に比べて群青色の変化が大きいと思われます。原句は、無意識に白と比較した群青の様子を述べているだけです。

ここで、ただただ、眼の前の今を詠めば良いと気付きました。自分の思いは消して、色の変化なども含めて、季語に助けて貰(もら)うと思い至り、成句としました。

成句　**市松の白と群青暮早し**　（久保榮子）

茶室の市松模様のみを詠むという、思い切りの良い句だと思いました。原句は「襖」とありますので、時を経て群青色がくすんでしまった襖であるという句意は明瞭です。しかし、「襖」が冬の季語であるだけに、「襖日短か」と続いてしまうと、「日短か」という季

語が添え物のように見えてしまい、十分働かないように思います。

成句は、「市松」という言葉が入ったことで「白」と「群青」の色彩が鮮やかです。たちまち光が翳（かげ）る様子も、「暮早し」という季語によってわかります。

ただ、広辞苑を見ると、市松模様は「紺と白を交互に置いた碁盤縞を並べた文様」と書かれています。とすると、「白と群青」は市松模様の説明のように感じられます。そこで、本来作者が詠みたかった「市松の群青」に焦点を絞ってみてはどうでしょう。この場合、色がくすんでいるという部分は省略することになりますが、「群青」色に心を留めていることはわかります。

［添削］　**市松のことに群青暮早し**

⑥ ありがちな表現を避ける

原句　榠樝（かりん）の実ゆがみて重き風のあり

義父が故郷から、孫達のためにと庭の斜面に二本の花梨（かりん）の苗木を送ってくれました。それから四十五年余経ち、今では少々持て余す程の大樹となりました。

そして自分の時間を持つことが出来るようになった頃、俳句と出会い、我が家と共に成長したこの樹に心を寄せて、一句詠んでみたいと思うようになりました。

春にはピンクの可憐な蕾（つぼみ）をつけ、やがて緑色の小さな実となり、秋には撓（たわ）むほどの黄色の大きな実をつける風景を詠んでみたいと思ったのです。

由来などは胸に収め、向き合ったそのものを見てどう感じるか……。原句では中七が説明的過ぎ、季語の選択にしても重苦しく、すっきり感がない。

その時感じた瞬間をどうにか切り取りたいと、触覚や嗅覚にも頼りましたが、心に響く良い言葉が湧き上がってきませんでした。

ゆとりを持って大きく成長した樹の全体像を眺めたと同時に、広やかな秋の空を感じる事が出来たとき、成句のように詠みました。見たままに「ゆれて」の言葉を入れましたが、あとの言葉に繋げられたかどうかと思っています。

自分らしい句を目指していますが、なかなか思い通りには行かない苦難の道程が続いております。

成句　**花梨の実ゆれて大きな空のあり**　（松本美南子）

故郷から届けられた「花梨」にまつわるエピソードで、四十五年前に送られた記念樹を、俳句と出会ったからこそ、今一句に詠んでみたいという思いが心に残ります。

原句は正直な写生句ですが、写生に徹した結果、「ゆがみ」「重き風」の描写によって暗いイメージの作品になってしまいました。記念の句として残したいというのが当初の思いですから、明るい内容になるほうがいいと思います。

したがって、成句では一転して、「大きな空」と明るく開放感のある句に推敲されたのは大正解です。お父上の気持ちに応える良い挨拶句になりました。しかし、「ゆれて」はどうでしょう。樹木に対して葉や実が「ゆれる」というのは無難ですが、ありがちな表現です。句の内容からも、また、「花梨の実」の特徴からも、別の言葉にしたいところです。

そこで、この句はお父上への挨拶句としてまとめてはどうでしょうか。「にほふ」という言葉には「照り映える」「余光、恩恵などが周囲に及ぶ」という意味があるので、「父」という言葉も生きると思います。

別案　**花梨の実にほふ大きな父の空**

⑦ 言葉を減らす

原句　沢水の辷(すべ)る岩肌山椿

四月のある晴れた日、友人とランチにと、約一時間かけて仙台の西方、泉ヶ岳の麓(ふもと)のレストランへ出かけた。その名も「森のレストラン」である。

まず目をうばわれたのが、庭の中央の白梅と三椏(みつまた)の花のひかりとが、店とひとつになった佇(たたず)まいである。そこは、白髪のセシールカットの素敵な女主人と娘さんとで営む心地よい空間でもある。

トマトスパゲティをおいしく頂いて外に出る。山菫(やますみれ)が縁取る枕木の道を辿(たど)って行くと、そこは裏山。白っぽい岩肌が見え、静かに流れる沢となっている。周囲の雑木林には、山椿が満開で春の山に明るさを添えている。

山頂から岩肌を辷り落ちてくる沢の音と、透ける水の美しさに感動してできたのが、原句である。見たままを一句に写したが、説明的である。

　もっと深く情景を思い起こすと、白っぽい岩肌には縞模様がみられた。それは地層であり、地層が透けて見えるほどのさらさらした水量であったことが蘇る。

　長い年月を尽きることなく流れている沢であり、流音は太古からのひびきにも聴こえたのである。そこで「地層」という言葉を加えて推敲したのが、成句である。

成句　**地層透く沢の流れや山椿**　（伊藤あやゑ）

　三椏や白梅の光と溶け合うような「森のレストラン」を想像しながら拝読しました。北国の遅い春と、山の生み出す水の美しさが胸に沁み通るようでした。

　原句は写生が正確で、「岩肌」を「辷る」「沢水」がよく見えます。しかし、文章を合わせて読むと、作者の感動を伝えるには至っていません。一方、成句は「地層」を生かして水の透明感を表現した点が優れています。これをもっと生かしましょう。

成句は中七に「や」を使って取り合わせの句にしたことで、全体に言葉が詰まっているように思えます。「沢水」を「沢の流れ」としたからでしょう。動詞は少なくするほうが焦点は定まります。そこで、原句の「沢水」を復活させて、これを生かしたいと思います。「沢水の地層を透かす」とすれば透明感が生きます。そこに「山椿」が来れば彩りも美しく、季節感もよく伝わります。言葉の分量を減らしたことで、句の姿に余裕が出来たからです。これが〈添削1〉です。

さらに、〈添削2〉のように助詞を変えて「沢水は」とし、「透かせり」と中七で切るとさらに全体が際立ちます。

添削1　**沢水の地層を透かす山椿**

添削2　**沢水は地層透かせり山椿**

⑧ 余韻を残す

原句　解(ほど)きたる着物のうすき二月かな

着物を洗い張りして縫わずにしまってあったものを簞笥(たんす)の中に発見した時に、なんと嵩(かさ)が減って見えるのだろう、と思った。もともと着物は畳めばかさばるものではないが、縫い目がなくなることでこれほどの薄さになるとは思いもしなかった。このことを思い出して作ったのが原句。

しかし、嵩を言うのに「うすき」では単純過ぎると思い、少なくなった嵩の心細さを「つめたき」と表現しようと思いたった。

解きたる着物つめたき二月かな

しかし、今度は「つめたき」が「二月だから」という意味を持つようになってしまい、さらに「着物の薄さ」より「二月」に重点がおかれてしまうことも気になりだした。

考えているうちに、二月は如月にさしかかり、如月の語源を考えれば二月よりも如月の季語がいいし、また、嵩を軽さで表現できるのではと思い以下のように。

如月や解けば軽くなる着物

これで句会に提出。ここで主宰の「なるを取ったほうがいい」とのご指摘を受け、以下のように。

如月の解きて軽き着物かな

これで一応の形を得たが、心理的な意味合いが強い「軽し」より、最初の実感である「薄い」を生かす形で成句とした。私の中では納得の一句となった。

成句 **如月の解きて薄き着物かな**

（森宮保子）

詠みたいテーマと、そこに迫る推敲過程が明瞭に辿られていて、どのようにして言葉が

選択されたのかがよくわかりました。

原句から一つ目の推敲句へは、「うすき」が「つめたき」という感覚的な表現に置き換えられている点に注目。これを生かして、解くことで着物がつめたくなる、という句にする方法も探ることができそうです。

さて、「如月」は語源から考えて「着物」とは即きすぎですが、今回の推敲によって、「着物」の枕詞のように響かせる事が出来ると思いました。季語は決定です。二つ目の推敲句の「なる」を外した結果、動詞が減り、三つ目のように「如月の～着物かな」と焦点が絞られました。

あとは、解いた結果をどう捉えるかですが、私は言わなくてよいと思います。「衣の嵩」と余韻を残してはどうでしょう。

添削　如月や解きたるままの衣の嵩

⑨ 行事を取り合わせで詠む

原句　クレソンの緑濡れたる復活祭

「復活祭」イースターはキリスト教徒にとって一年で最も大切な日だ。十字架の死から復活したキリストを称(たた)える壮麗なミサが行われ、ミサ後は子どもたちが美しい染卵(そめたまご)を配る習慣がある。復活祭の前の四十日間は四旬節とよばれ、ミサの中の奏楽も音を抑え静かな祈りの時を過ごすので、なおさら喜びを感じる日なのである。春が訪れ、全ての生命が輝く季節とも重なり、イースターとは春の女神（エオストレ）を語源とするらしい。

俳句を始めてから、「復活祭」という季語があることを知り驚いた。是非使ってみたいと思ったが、何と組み合わせるとよいのか随分迷った。たまたま見かけたクレソン畑の瑞々しい緑が印象に残り、原句を詠んだ。

地下水を吸い上げたクレソンの緑は濡れたような色彩が美しい。しかし、もっと生命力を

感じる表現をと思い、

クレソンの青き香(かおり)や復活祭

と独特のクレソンの香とあわせてみた。

摘み立てのクレソンの香は噎(む)せ返るような強さをもち、まさに生命力を感じる。また、まだ本格的な収穫期を迎える前の若い株であったのでその部分を表現できないかと考え、成句とした。

成句　クレソンのまだ青き香(か)や復活祭　（下手泰子）

「復活祭」という深い歴史を持つ言葉にどのようにより添っていけばよいのか、未だ迷い続けている。

「イースター」の語源が春の女神の名前であるという知識から、取り合わせで詠む時の題

材のヒントになったことがわかりました。「クレソン」という題材は、色も香りも名前もとても良かったと思います。

原句は「緑濡れたる」の瑞々しさがポイントですが、さらに推敲して「青き香」で生命力を捉えようとした点が優れています。成句の「まだ青き香」には、その若い生命力が息づいています。

この「クレソン」は摘んだばかりの新鮮なものだということですから、これを生かしてみてはどうでしょう。〈クレソンを摘めば青き香復活祭〉とも詠めますが、さらに、「野に摘む」と場を入れることで、句に広がりが生まれます。

添削　**野に摘めばクレソン青し復活祭**

⑩ 説明を脱する

原句　春愁偽の卵を抱く鳥も

動物園で、鶴が卵を抱いていた。しかし、この卵は人間が作った偽卵と呼ばれる偽の卵。体力を消耗する産卵の回数を減らすために、人間が作った卵を抱かせているのだ。番が本物の卵と思って懸命に交替で温めている。なんとも哀れを感じ、季語を「春愁」としたが、それでは私の感傷しか表現できず、鶴の本能が詠めていないと思った。

鶴から周りの景色に、目を転じてみる。盛りを過ぎた緑に少し気怠い空気が漂っていた。黙々と疑わず営みを続ける鶴と、それを憐れむ私の気持ちが、この景色から詠めないだろうかと思った。

そして推敲した季語が「春深し」。主観的にならず、晩春の景色が情感を引き出してくれる季語だと思う。次の推敲は、「偽」と言う何とも生煮えな言葉。頭の隅に、「偽」に変わる言葉はないかと、常に引っかかっていたのだが、それは、台所で葱を刻んでいた時不意にやってきた。「あらぬ」という言葉が浮かんだのである。ジグソーパズルの最後の一片が小気味よく嵌るように。「有らぬ」には、違う、無いという意味がある。まさに空っぽの偽卵を言い当てているではないか。

諦めず粘って、季語や言葉を探すことが、俳句の醍醐味であると学んだ。

成句 **春深しあらぬ卵を抱く鳥も**

（古沢静香）

難しい題材が、推敲を経て完成する過程がよくわかりました。

原句の「春愁」は「偽の卵」を抱かされる「鶴」の気持ちを代弁しているようでもあり、そういう状況にある「鶴」を見ている作者の気持ちの表現のようでもあり、内容に即きすぎています。だからこそ、季語を推敲したことが成功しています。「春深し」という季語のもつ倦怠感が句を深めています。

問題は「偽の卵」を「あらぬ卵」とした点です。「あらぬ卵を抱く」という表現には、不思議な味わいはありますが、実際、卵があるのか無いのか、読者にはよくわからないのではないでしょうか。

そこで、私は別案として「鶴」を使ってみました。当然「季重なり」になりますが、この場合は「春深し」が働きます。〈別案1〉の「偽の卵を」は説明的ですが、下五に置くことで一句全体が説明になることが避けられるように思います。「鶴」なら卵の大きさも想像でき、狙いが明快になると思います。

〈別案2〉は「ギラン」という音を生かして「かな」止めにし、調べを整えたうえで、騙(だま)されて卵を抱く鶴の哀れを表現しました。

別案1　春深し鶴の抱ける偽せ卵

別案2　春深く鶴の抱きたる偽卵(ぎらん)かな

⑪ 内容を季語で生かす

原句　風の香や頬杖をつく一歳児

孫の子守りをしていたある五月の昼下がり。我が家の座敷は、開け放した窓から入る草の香りに包まれていた。孫は、座敷にいる秋田犬の背中をそっと撫で、巻尾を摑(つか)んで少し揺すった後、私をみてニッコリ。それから座卓に両手を置いて、その上に顔をのせる。そしてまた私を見てニッコリ。しばらくはそのまま座敷を見回していたが、一瞬、片方の手を頬にあてて私を見た。それはまるで頬杖をついている小さな哲学者のようにも見えて、原句。

命の塊のような初孫を授かってからの一年、時にそれは三十余年前の私自身とも重なり、祖母となる気持ち、赤ん坊の成長、娘が奮闘しつつ母親となっていく様子、すべてが充実した時間の素晴らしい一年であった。

我が家の秋田犬は、家族以外には一切興味がない。生後六日目の孫が我が家へ来た時は見向きもしなかった。ミルクの匂いも泣き声も無視。這(は)ってそばに行こうものなら、即座に部屋を出ていく。それが一年を過ぎた頃から、触ることを許し、同じ部屋にいることを許し、散歩では傍らに立ち、まさに群れの一員と認めはじめた。一年の歳月の賜物である。

「一歳児」ではなく、様々な思いをこめた「一歳」にしよう。ふと垣間見せた孫の大人びた頰杖、家族それぞれの一年、そして未来へ吹く麗しい風。季語を下五へ移し、「風の香」から「風薫る」に変える。

成句　**頰杖をついて一歳風薫る**　（小野美智子）

「一歳児」の「頰杖」という題材そのものが、魅力的だと思いました。

原句の「風の香」は「薫風(くんぷう)」の傍題で、芭蕉が〈風の香も南に近し最上川(もがみ)〉と詠んでいます。これは同じく傍題にある「南薫(なんくん)」（薫風南より来たり）を生かした使い方ですが、

「風の香」は他に例句も無いようで、季語としては弱いように思います。この点を解消する意味でも、「風薫る」を使ったことは良かったと思います。

さらに、季語の置き換えに留まらず、「一歳児」を「一歳」としたことで、全体が韻律の良い句になりました。この弾むような調べに、愛情が溢れています。成句では、「風薫る」が幼い命を祝福する季語として働いています。

そこで、次に示すのは別案です。作者にとって、この句の主人公が「一歳」であることは絶対で、その効果もありますが、読み手にとっては「幼子」でもいいように思います。そこで「一歳」を「幼子」とし、季語と関わらせてみました。「緑さす」は「新緑」の傍題で、初夏の緑の瑞々しさが感じられる季語です。

別案　**頰杖をつく幼子に緑さす**

⑫ 傍題季語を生かす

原句　**口ずさぶ漢詩の断片粽かな**

澄み渡った空に吹流しが美しい。五月は弟の誕生月でもあり、家族揃って粽を食べた思い出がある。歳時記の「粽」の傍題には「粽結ふ」「粽解く」「笹粽」「飾り粽」などとたくさんあるが、もちろん、わが家の食べる粽は買ってきた粽だ。

粽の起源は、楚の人「屈原」の霊を慰めるために村人たちが粽を結んで汨羅江に投じたという故事にある。

学生時代、画集で横山大観の「屈原」を見た。遥かを見据える透徹の眼差し。超然と風に向かい立つ孤高。言い知れぬ衝撃を覚えた。その後も気にかかっていたのだが、計らずも粽から謎の人、屈原が見えてきた。そこで次の素案を詠んだ。

大観の一幅飾り粽かな

初めて漢詩に接したのは中学生の頃。新書版の『新・唐詩選』のいくつかを暗誦した覚えがある。杜甫、李白、孟浩然……。詩の大方は忘れているが時に節が口を突く。そこでできたのが原句である。

五言絶句、七言絶句。韻律を重んじるのは漢詩に限らず外国の詩歌、そして俳句の韻文に連なるのかも……。

自分なりに屈原を十七文字に詠みこんだという思いなのだが。

成句　**断片の七言絶句粽食ぶ**　（岡田砂千子）

「粽」にまつわる思い出とともに、「屈原」「漢詩」へと発想が広がったことで、素案から成句へと、一句の完成度が高まったのだと思います。

横山大観の絵はよく知られていますから、「粽」との組み合わせは即きすぎです。また絵に対して「飾る」という言葉は目立ち過ぎるので、せめて「掛ける」としてみましょう。風格が出ます。

大観の一幅を掛け粽かな

ここから、漢詩を発想したのは良かったと思いますが、「口ずさぶ」は確かに不要でしょう。しかも中八になってしまいます。「断片」とあれば、愛唱の部分を声にしていることがわかります。「断片の七言絶句」は動きません。

そこで、もう一度傍題を見てみましょう。「粽」は三音で下五に置きにくいのですが、「粽解(と)く」を使えば、漢詩の断片を吟じている時間が表現出来ます。食べる前の時間を表現することで、「粽」を食べる楽しみも「粽」そのものもよく見えてきます。

添削　**断片の七言絶句粽解く**

⑬ 事柄を詠まない

原句　散松葉手入れ引き継ぐ鋏（はさみ）かな

六月初め、高松市にある栗林（りつりん）公園を訪れた。この公園は高松藩主松平家の下屋敷として使われたものを、四百年近い年月をかけて整えられてきた、江戸時代の回遊式大名庭園である。広大な敷地には複数の池や築山、茶室や鴨場等を擁し、とりわけ四季折々の花々と一千本にも及ぶ手入れ松の景観は見事である。美しい手入れ松が印象に残り、原句ができた。

庭園の数多くの手入れ松の中に、箱松と呼ばれる珍しい樹形の一群がある。当初きれいに刈り込まれた生垣のように見えたが、それらの松は剪定（せんてい）ではなく、鋏の手入れによって整えられていることが分かった。すなわち、枝に繰り返し鋏を入れて枝の成長を調整するという方法である。枝の付け根から葉先をよく見ると、枝は真っ直ぐに伸びたり曲がったりを繰り返し、複雑に絡み合いながら、箱の形に葉を揃えていたのである。

三百年余にわたる細やかな鋏の手入れの積み重ねが、今日の見事な景観を作りだしているのだと思った。

この技術を絶やさぬため、手入れに携わる人々を市職員として雇用していると聞き、眼前の美しい松と技術を守る意気込みを感じた。新葉に代わる松葉が少しずつ散る様子は、技術を次代に継承してゆくようにも思われた。

人々の木を慈しむ気持ちを一丁の鋏に託して推敲し、成句とした。

成句　一丁の鋏の仕立て散松葉　（三島多摩子）

見事な紹介文に心惹かれて、インターネットで栗林公園を見ました。確かに松が豪快で、藩主の心意気が感じられます。

訪れたのが六月とのことですから、松を主体に詠むと「散松葉」を季語とすることになります。しかし、原句は「手入れ引き継ぐ」が事柄の説明で、こういう名庭なら他の場所でも使えそうな表現です。事柄というのは情報や知識であって、「もの」ではないので、俳句としては弱いのです。俳句は基本的に「見えるもの」を詠むということです。

それに対して、成句では「散松葉」と「鋏」だけを残して推敲している点が見事といえるでしょう。何より「一丁の鋏」に集約した思い切りの良さが生きています。申し分の無い一句に仕上がったと思います。

そこで、次に挙げる句は別案です。庭園には一千本もの松があり、三百年もの時を経ているとのことですから、これも詠んでおきたいと思います。型通りの表現ではありますが、松だけではなく、「散松葉」もまた同じだけの時を経たからこそのものでしょう。

別案　**ことごとく三百年の散松葉**

⑭ 季語を印象的に

原句　人住まぬ生家となりし夾竹桃（きょうちくとう）

私が生まれたとき、父は庭に夾竹桃を植えた。夾竹桃の花は濃い桃色で、青々とした細長い葉とともに、夏の空によく映えた。ドライブ好きだった父は、家族を海へ山へと連れて出掛けた。高速道路を通るたび色とりどりの夾竹桃を見かけたが、この木は花・葉・枝・根とすべてに毒があり、その毒は人を死にも至らしめるという。華やかな花の裏側にある本来の姿を知って、その不気味さが自分の持つ何かを象徴しているように思え、気持ちが沈んだ。

句会の兼題で「夾竹桃」が出され、実家の夾竹桃を詠んでみた。だが、原句は中七「し」があまり効いていない。次に〈夾竹桃くらき生家の太柱〉としたが、一句のなかに屋外と屋内が混在していることが気になった。しかも自分の気持ちに踏み込めていないようにも感じられた。

実家の夾竹桃は屋根にも届く勢いで枝を伸ばし、今を盛りと花をつけた。複雑な家の問題に対応できるようになったのは、時間の経過とともに自分自身の環境や気持ち、視点が変化したからという思いに至ったとき、「庇(ひさし)の低き」という言葉がよぎり、成句になった。

完成した一句を前にすると、説明になっていないか、因果関係が働いていないか等、いろいろな点がいつも気にかかる。焦点を絞り、「一句を深めること」を念頭に置き、推敲を重ねていきたい。

成句　**夾竹桃庇の低き生家かな**　（伊藤章子）

誕生記念にお父様が植えて下さった木が「夾竹桃」であったことから、複雑な心理が生まれたという状況がよくわかりました。兼題で「夾竹桃」が出た結果、そういう気持ちと向き合うことになったという点にも、作者らしさを感じます。原句はよくわかる句なのですが、「夾竹桃」への踏み込みが弱いでしょう。「人住まぬ」というのもよく目にするフレーズです。

一方、時間の経過の中で、心理的な葛藤に決着が付いた結果、「庇の低き生家」という言葉が出たのは作者にとっては大切なことで、一つの発見の言葉です。ただし、一句として見た時、「庇の低き」では、「夾竹桃」という季語があまり働いていないようにも思えます。毒をもった「夾竹桃」の生命力と、「生家」を、もう少し際立ててもよいのではないでしょうか。

成句は写生によって詠まれていますが、添削では「猛々しい」という言葉によって、「吾が生家」に複雑な味わいをもたせました。

添削　**夾竹桃猛々しくも吾が生家**

⑮ 臨場感のある句

原句　国蝶の羽化のきらめき日の零る

友人と山梨の長坂にある「オオムラサキセンター」に立ち寄った時のことである。突然「今からオオムラサキの羽化が始まります」と館内放送が流れたので、驚きつつも急いでセンターに集まり、羽化の時を待つことにした。

羽化は直ぐには始まらなかった。数分が数十分に感じられる時間を経て、静かにその時がやってきた。少しずつ日が差し込むように紫色が見えはじめて、徐々にその姿が大きくなって、美しいオオムラサキの蝶が誕生した。オオムラサキの誕生の瞬間は、本当に神秘的で、厳かでもあった。同じ思いで、その瞬間を共有した人たちから、蝶を驚かさないような優しい静かな拍手が沸き起こったのだった。

国蝶の羽化の瞬間に立ち会えたことは、本当に幸運で感動的だった。瑞々しい羽化の美しさを表現したかったが、原句では最も感動した美しい紫色が伝わるかが不安である。

まだ飛べぬ大紫蝶の濡れし色

蝶は羽が濡れている間飛ぶことは出来ない事、蝶の名前を入れてみる事を考えた。「大紫蝶」と名前を入れると、わかりやすいけれど名前が全てを語っていて説明的になるような気がしたので、あえて外した。結局、見たままの句になってしまったが、読む人に委ねることで感動を共有できればと思った。

成句　**むらさきのまだ濡れゐたる羽化の蝶**

（小滝奈津江）

国蝶おおむらさきの羽化という、感動的な場面に遭遇されての作品で、推敲過程もよくわかります。絶滅が危惧されることから、保護活動も盛んで、YouTubeなどで、羽化の様子を見ることもできました。

原句は「羽化のきらめき」の部分の表現が一般的ですが、推敲句の「濡れし色」には臨場感があります。さらに、濡れていると飛べないという説明的な表現を外した成句は、完成形と言えるでしょう。ただ「ゐたる」に推敲の余地がありそうです。
「蝶」は春の季語ですが「おおむらさき」は夏蝶です。『新版　角川俳句大歳時記　夏』〈角川書店編、二〇二二年〉では「夏蝶」の傍題になっています。〈磨崖仏おほむらさきを放ちけり　黒田杏子〉という名句もありますから、これに倣って、国蝶が羽化する瞬間を大らかに捉えてはどうでしょうか。

添削　**まだ濡れておほむらさきの羽化の翅（はね）**

⑯ 珍しい題材を詠む

原句　立版古(たてばんこ)横断歩道のビートルズ

俳句歴が浅いので、まだ一度も使ったことがない季語が沢山ある。新しい季節が来るごとに、歳時記をめくって未使用の季語を探す。その夏に使ってみたいとメモをした季語のひとつが「立版古」だった。とは言えイメージはあまり膨らまず、浮世絵の波、江戸の町並み……なんだかレトロなものばかり浮んでしまい、しっくり来なかった。そんな時に見つけたのがビートルズの、おそらくは一番有名であろうアルバム、アビイ・ロードのジャケットを描いた起し絵だった。ちなみに、この有名な横断歩道は今ではイギリスの文化遺産に登録されており、建物以外の場所が文化遺産になったのは初めてのことだという。

原句は取りあえず十七音にしたものの、立体感とか躍動感のようなものが感じられず作品としてこなれてないと思った。そこで、「立版古」より傍題の「起し絵」の方が言葉に立体感が感じられるのではないかと考えた。

起し絵の横断歩道のビートルズ

次に考えたのは、果たしてビートルズという固有名詞は必要だろうかということだ。むしろ外してしまった方が、ほんの少し謎が残って面白くなるかもしれない。読み手を信じて固有名詞を外し、躍動感が少し出ればと思い「行く」と動詞を使ってみた。

雑詠欄に掲載となった頃の、活字になってとても嬉しかった句である。

成句 **起し絵の横断歩道行く四人**

（坂本美樹）

「立版古」という古めかしい季語に、アビイ・ロードのビートルズを持ってくるという発想が斬新で、こんな切り口があったかと驚きました。

季語と材料の組み合わせとしては、

①「立版古」＋「横断歩道」または「ビートルズ」による題材の意外性を生かす。
②「起し絵」＋「ビートルズ」によって、絵が起き上がってくるイメージを使ってビートルズを生かす。

のどちらかだと思います。

成句は一応の完成を見ていますので、ここではせっかくの「ビートルズ」を使って別案を考えてみましょう。そうすると、中七以下は「起し絵のビートルズ」で決定。「横断歩道」は我慢して、「起し絵」の中を左から右へと永遠に渡る四人を捉えてはどうかと思いました。

別案　**永久（とわ）に横切る起し絵のビートルズ**

⑰ 上五の表現を工夫する

原句　濠風に並ぶ大鉢蓮(はちす)の実

東洋一といわれる高田城址公園の「蓮まつり」は豪華絢爛(けんらん)で、七月から八月の中旬にかけて盛大に行われます。城址の外濠を紅と白の蓮の花が埋め尽くします。また濠の縁には、各地の蓮や異品種の蓮が大きな鉢に植えられ、鑑賞できるようになっています。去年の盆過ぎに公園に行きましたところ、花は散り、円錐形の花托(かたく)になっていました。濠の蓮は何度か俳句に詠みましたので、今回は鉢の蓮を詠もうと思いました。

原句は大鉢がただ並んでいるだけの句になってしまいました。猛暑日が続いていたので、暑さを出すために影を入れようと思いました。黒くくっきりしていて、風はあるものの揺れているようには見えません。強い意志を感じました。

大鉢の影揺るぎなく蓮(はす)の実飛ぶ

季語の「蓮の実飛ぶ」は、茶色に変わり茎も垂れている様子が浮かびます。花びらが散ったばかりでまだ青々としている様子を出したいと思いました。また「影揺るぎなく」はよく聞く言葉です。重なっている影が共に手を繋いでいるように見え、私自身生活する中で、助けられ支えられてきたことを表現したいと考え、成句のようにまとめました。

蓮がそれぞれの場所で懸命に咲き、実となって、その影が助け合っている様子を重ねてみました。思いを物に託して詠むことの難しさを痛感しています。

成句　**大鉢の影を連ねて蓮は実に**　（小林淑江）

高田城址公園の「蓮まつり」は、私も吟行したことがありますので、「濠を埋め尽くす」豪勢な咲きっぷりを思い浮かべつつ拝読しました。

原句は写生に重きを置いて物をしっかり詠んでいますが、言葉の並べ方が「どこに、どうだ、何が」とやや説明的です。そこから、「蓮の実飛ぶ」、さらには「蓮は実に」と推敲したのが功を奏して、句が印象的、明瞭になりました。

成句はよく詠めていていてこれで成功していますが、さらに推敲するなら「影が助け合っている様子を重ねる」という心情を、もう少し強めても良いのではないかと思います。

そこで、上五の出だしを工夫してはどうでしょう。推敲句も成句も「大鉢」から入っていますが、こうすると、どうしても絵葉書的な構成になってしまうと思います。そこで、あえて「その影を」として読み手の興味を引く表現にしてみました。

添削　その影を連ねて鉢の蓮は実に

⑱ 言葉の順序

原句　芭蕉布の文目は小鳥風さやぐ

数年前、南の島で織物の研究をしていた姪の案内で大島紬や芭蕉布の工房を見に行く機会がありました。その時はただ芭蕉布の軽くて涼しげな質感や素朴な美しさに感嘆した記憶があります。

芭蕉布が季語であることを知ったのは俳句を始めてからのこと。この季語で作句をしたいと思い、当時のことを思い出しながら芭蕉布について調べてみました。模様には蘇鉄の葉をはじめ伝統的な多くの絣柄があり、数百種類もの組み合わせがあるとのこと。なかでもトゥイグヮーとよばれる今にも小鳥が飛び立つような模様に心惹かれ、芭蕉布が織り上がるまでの長い複雑な手作業に思いを馳せながら、原句を詠みました。

模様は「文目」という情感のある言葉を見つけて詠んでみましたが、下五の「風さやぐ」

という措辞はとってつけた様で月並みな表現に思われます。そこで、風を纏う芭蕉布に織り込まれた小鳥模様に焦点を当てて描写してみました。

芭蕉布に風はらみたる小鳥かな

これでは模様を詠んだのではなく、衣架にかけられた芭蕉布に小鳥が止まっているようにも受けとられます。そこで芭蕉布の文目である小鳥が軽やかに飛ぶ情景と共に、糸芭蕉の葉が亜熱帯の風になびく様子が一句の背景に感じとれるようにもしたいと考えました。句またがりですが調べを整えて、成句としました。

成句　芭蕉布の文目は風に乗る小鳥

（岡本晶穂）

糸芭蕉から一枚の布を織るためには、気の遠くなるような作業を経なければならず、「芭蕉布」に込められた心情が、推敲過程によく表れていました。そして、数百種もの組み合わせがある中から、「小鳥」の模様が選ばれたことも良かったと思います。

問題は、「小鳥」が秋の季語であり、「文目」が「菖蒲（あやめ）」の別表記で、情報が多いという点にあります。原句は言葉の並びが散文的でやや説明調。推敲句はすっきりしていますが、「小鳥」が絵柄であることがわかりにくいでしょう。成句は「風に乗る小鳥」はいいのですが、「○○の○○は」という形が説明的になっています。

もう一つ大切なことは、「芭蕉布」は盛夏に着るからこその季語だということです。反物では季語感は弱いということも頭に置いておかなければなりません。

そこで、言葉を並べ替えて、芭蕉布を身にまとった時の「風」が感じられるように、軽やかに詠んでみました。

添削　**芭蕉布の鳥の文目は風に乗り**

⑲ 答えを出さない

原句　一水の石垣洗ふ麦の秋

五月、久しぶりに多摩川を訪れた。

多摩川は秩父山地に源を発し東京湾に注ぐ全長百三十八キロメートルの一級河川で、我が家から約四十分の距離にある。都市部を流れるこの川は、この辺りでは東京都（調布市）と神奈川県（川崎市）の境になっている。

かつてこの辺りの川原は石塊だらけで、不要不急の人が踏み入る場所ではなかった。それが今ではすっかり整備され、人々の憩い（いこ）の場になっている。サイクリング道はサイクリングやジョギングや散歩をする人で賑わい、緑地では子供達がサッカーや野球に興じ、家族連れが戯れ（たわむ）ている。その向こうを多摩川が蕩々（とうとう）と流れ、たくさんの水鳥が群れて細波（さざなみ）を立てている。対岸に目をやると古い石垣が見える。かつてここには橋がなく、渡し舟が人々の足だった。石垣の下に渡し場があった。

原句は多摩川の初夏の風景を詠んだものだが、表現が通り一遍で、季語が生かされていないように思え、推敲した。

風景を分析すると、①昔あって今はないもの——渡し舟、②昔なくて今はあるもの——人々の笑い声、③昔も今も変わらないもの——多摩川の流れの豊かさと初夏の景色の瑞々しさ、となる。そこで、十七音の制約の中で②と③は季語に託し、また①を強く表現することで②と③を際立たせたいと考え、成句に至った。

成句　**石垣は渡しの名残り麦の秋**　（五味新悟）

多摩川という慣れ親しんだ風景を懐かしい題材として詠んだ句で、「石垣」を捉えた点が良かったと思います。

原句はすっきりまとまっていますが、この場合、「一水」では風景がよく見えません。成句へ至る過程として、風景を分析し、不要なものを外したり、季語を生かしたりと、いろいろな題材が整理されているのがいいと思いました。

「渡し」という言葉があれば川であることは明らかです。「石垣」と「渡し」で材料は揃いました。また、「渡し」を過去のものとして表現するために、様変わりした現代の様子は描写せず、「麦の秋」という季語に語らせたという点も良かったと思います。作品に懐かしい味わいが出たからです。

その上で推敲したいのが「名残り」です。情感のある言葉ですが、答えを言ってしまっています。そこで、渡し舟を彷彿(ほうふつ)とさせる表現を考えてみました。

添削　**石垣に舟着きしころ麦の秋**

⑳ 海外の題材を詠む

原句　**水煙の旅何処まで大瀑布**

兼題で俳句を詠むのは難しい。句会で見事な作品に出会うとただただ感心するばかり。「滝」が兼題に出された。今まで袋田の滝、浄蓮（じょうれん）の滝、白糸の滝、那智（なち）の滝などを見る機会があったが、一番印象深かったのはナイアガラ。滝そのものの存在感、轟音（ごうおん）、迫って来る風の強さ、吹き付ける水しぶきに圧倒された。水煙は思わぬ高さまで立ち上り遠くまで飛んで行く。水の粒子は今まで想像もしなかった自由さと力強さを持っていたのだ。以前この滝の音と落下する水の勢いを詠んだので、今回は水煙に的を絞ることにした。

原句は肌で感じた滝の迫力、興奮、高揚感が消えてしまった。具体的なものが描けていないのだ。

水煙は轟音に乗る大瀑布

さらに轟音も削って大瀑布から始めることに。

大瀑布水は翼を得たりけり

「翼」で自由さと力強さが伝わるのではないか。しかし「けり」の詠嘆より目の前の水の動きを重視したい。

滝口を越えると水の一部は細かい粒子になって、風に煽(あお)られ舞い上がり拡がっていく。下五の「手にしたる」を思いついた時、擬人法的と指摘を受ける可能性も考えた。思い切って比喩と併せて使うことで、滝口を越えた水の勢いがむしろ強調され、臨場感が出るのではないだろうか。

成句 **大瀑布水は翼を手にしたる**

（角田夏子）

「滝」という兼題に対して、過去に見たさまざまな「滝」をイメージして、感動を呼び覚

ましているのが良いと思います。「ナイアガラの滝」は、季語としての「滝」がもつイメージとはスケールが違うので詠みにくいと思いますが、挑戦した甲斐がありました。

原句の「旅何処まで」は表現そのものが長閑なため、「瀑布」の迫力が出ません。一つ目の推敲句の「轟音」は「大瀑布」に含まれています。やはり「翼」への飛躍が優れていると言えるでしょう。擬人化は、上手に用いることが出来れば有効な技法です。

成句はすっきりと、雄大な姿を捉えています。これを、具象的な、景色の見える句にするためには、次の方法があるかと思いました。

添削　**水煙は翼となれり大瀑布**

㉑ 発想の転換

原句　凌霄花（のうぜんか）旅の終はりの夜の爪

昨年七月、タイを訪ねた。

暗い梅雨冷えの東京から一転、バンコク空港は目も眩（くら）むような太陽の下、都会の喧騒は東南アジア特有のエネルギーをはらんでいた。日本と同じ仏教国ながら、今でも人々の身近に宗教があり、優しい国民性だとか。メナム川で残照の中に寺の鐘を聞き、アユタヤでは花いっぱいの棺を人々が運ぶ光景に遭遇。象の背に揺られたチェンマイ等々、瞬（また）く間に旅程は終盤に。帰国前夜、自分の爪の伸びに旅の時間を感じたのが原句である。

ちょうど日本も夏であることから、海外色を入れず、上五に「凌霄花」を置いた。しかしながら、実際にはその花は目にした記憶がない。自分の旅の記録という意味から、「ハイビスカス」の和名の「仏桑花（ぶっそうげ）」にすると仏の字から連想される国などと考え、

仏桑花旅の終はりの夜の爪

と季語をかえてみた。

外界の蒸し暑さを忘れるキンキンに冷房のきいたホテルの窓の夜景に、ふと、「夜の秋」という言葉が浮かぶ。余韻の中に次のステージを迎える……という思いから「爪を切る」と動詞を入れ成句に至った。吟行が苦手で物を見る力の無さの常々だが、時間を切り取り、焦点を絞ることの大切さを改めて思う。

成句　**夜の秋旅の終はりの爪を切る**　（小林りつ）

七月のタイで出会ったさまざまなものを心に、最後の夜に爪を切りつつ旅の余韻に浸っている様子がよく伝わって来ます。

原句は、現実には目にしなかったというものの、「凌霄花」に旅の面影が感じられて印象的です。そこから、「仏桑花」と花のイメージによって、より実感に近づけてゆこうとする方向も良かったと思います。

そこまで推敲して、成句ではあえて「夜の秋」という、地味な季語が斡旋されていることに手堅さを感じました。「夜の秋」という季語には、秋を思わせる涼風に安らぐとともに、エネルギッシュで活動的な夏が終わってゆく一抹の寂しさもあるように思います。旅の終わりに置くに相応しい季語です。しかし、ここで考えておきたいことがあります。旅の終わりに爪を切るという内容は題材としてよくあるので、「夜の秋」を置くと、「いつ、何をした」という報告的な句になってしまい、印象に残りにくいのです。

そこで、成句の季語を一旦「仏桑花」としたのが〈添削1〉です。さらに語順を入れ替え、爪を切ることで旅が終わってゆくという内容にしたのが〈添削2〉です。

添削1　**仏桑花旅の終はりの爪を切る**

添削2　**爪切って旅の果てゆく仏桑花**

㉒ 季語を生かす

原句　蚊遣香楯ひとつ置く駐在所

　ある日、突然家の近くに小さな簡易ボックスが置かれた。ほんの半畳ほどの大きさで、中に椅子一つと鉄製の楯。何事かと訝る人々。二時間交代で四六時中、警官が常駐を始める。どうやら新大臣の事務所の警備のようだ。ここで一句と思うのだがなかなか浮かばない。「駐在の警官若し……」「楯と椅子置く……」とか。今一つしっくりしない。ただ通るたびに強烈な蚊取線香の匂い。季語はこれと決めた。残りの十二音はこまごま説明せず大きく詠み、あとは季語に託すという基本に戻ろうとした。

　半畳のポリスボックス蚊遣香

　しかし、何か納得のいかないまま季節は夏から秋へと移っていった。蚊取線香は相変わらずぷんぷん匂っている。でも「蚊遣香」は私の気持ちを代弁していない。どんなに暑かろうが、激しい雨が降ろうが、長い警棒を手にじっと立っている警察官。にこやかに挨拶を交わしてくれる。夜遅く帰る時などその姿が見えるとほっとする。そこで思いついたのが「小鳥来る」だった。「ポリスボックス」が、秋に日本へ渡ってくる小鳥たちを迎えるような存在に思ったのだ。しかも句に明るく楽しいイメージが生まれる。

これこそが私にとって動かしがたい季語だと確信した。季語の斡旋(あっせん)は難しい。でも、これぞと思う季語に出合えた時の喜びは大きい。

成句　**半畳のポリスボックス小鳥来る**　(小髙正子)

原句は事実を捉えた句で、「蚊遣香」という季語が的確です。しかし、内容としては報告的で、一句としての魅力に欠けるように思います。季節が推移するなかで、小さな「ポリスボックス」の存在が安心をもたらすものにとなり、そこから「小鳥来る」という季語

がイメージされたというのがとても自然だと思いました。これは、一つの題材を根気よく追い続けたからこそでしょう。「駐在所」というやや古いイメージの言葉から、「ポリスボックス」という都会的な明るい言葉になったことで、句が軽やかにもなっています。

成句は読者にとっては「半畳」だけが手掛かりで、読み手の想像力に委ねた作品です。したがって、明るい季語の効果で、たとえば遊園地などを想像する人がいるかもしれません。それもまたよしですね。「私にとって動かしがたい季語」という言葉とともに、この一句は完成していると思います。

そこで、「小鳥来る」という季語を生かした別案を考えてみました。この季語は作者も書いているように、秋に小鳥たちが日本へ渡ってくることを捉えているので、その新鮮な味わいが生きるように情報を最小限にしてみました。

別案　**あたらしきポリスボックス小鳥来る**

㉓ 想像力を生かす

原句　応接間レースのテーブルクロスかな

令和元年九月の洛中洛外ウォーキングで、並河靖之七宝記念館を訪ねました。明治期に建てられた京町屋ですが、欧米からの来客も多いことから、応接間にはソファやテーブルが設えられていました。高い鴨居やガラス障子によって室内は明るく、白いレースのテーブルクロスが心に残りました。

秋の、明るく澄んだ空気の中のテーブルクロスを詠みたいので、まず「レース」（夏季）を改めて「白き」と、色の印象を大切にすることにしました。

また、「応接間」という場所の説明の代わりに、季語を置かなければなりません。実景ではありませんが、洒落たテーブルクロスを引き立てる果物を置きたいと思いました。「葡萄」や「りんご」ではコントラストが強すぎます。輪郭や色合いがやわらかな「桃」が、白いテーブルクロスと調和すると考えました。

次に、「桃」をどのように配するのがよいかを考えました。そして、白いテーブルクロスの上で、丸い桃を剝いていく様子に、秋の澄んだ空気を感じられるのではないかと思いました。

桃を剝く白きテーブルクロスかな

しかし、「テーブルクロス」が一語として長く、また布という質感からも、全体の印象が弱いと感じました。そこで「机」を入れ、硬質な安定感を持たせることにしました。

成句　**桃を剝く机の白きクロスかな**　（岡村美江）

並河靖之七宝記念館を吟行した日のことが、随分遠い日のことのように懐かしく思い出されました。今思えば、コロナ禍以前の恵まれた時間でした。

展示されていた壺や食器などはどれも見事なデザインと色彩で、これを俳句に詠むのはかなり難しいと思われましたが、庭の水は疎水を引き込んで琵琶湖の水を巡らしているなど、いろいろ魅力的な題材がありました。

原句は実景ですが、このままでは「明るく澄んだ空気の中のテーブルクロス」が表現できているとは言えません。そこで「桃を剝く」という場面を創り出した想像力が素晴らしいと思いました。推敲句は「応接間」を外したことで、「桃」と「テーブルクロス」の色彩が生きています。しかし、「白きクロス」でもよくわかります。また、成句の「机」は「卓」にしてはどうでしょう。

次の一句では、「白きクロス」をさらに印象的に表現してみました。内容は同じですが、豪華で優雅な空間に感じられるのではないでしょうか。天井の高さや部屋の明るさも見えてきます。

添削　**まつしろなクロスを卓に桃を剝く**

㉔ 忌日季語を使う

原句　廃校の長き廊下や賢治の忌

宮澤賢治の忌日は九月二十一日。原句は俳句を始めて間もない頃の作です。

賢治で真っ先に浮かんだのが「風の又三郎」でした。風が吹き抜ける教室→農学校の教師でもあった賢治→人気のない学校の廊下を歩いてくる賢治、と連想してできた句です。当時は、これで一句が成立したと思っていましたが、その後、先生のご指導を仰ぐようになり、これでは季語が動く上、訴えかけてくる力がないことに気づきました。もっと賢治の本質に迫るような的確な措辞をと思いつつ、具体的な言葉が浮かばずそのままになっていました。

三年が経ち、九月の句会当日の朝のこと。歳時記を眺めているうちにふとこの原句を思い出し、なんとか仕立て直したいと思いました。「銀河鉄道の夜」「セロ弾きのゴーシュ」「どんぐりと山猫」ときて、押し合いへし合いしているどんぐりが浮かび、「どんぐりの顔みなちがう賢治の忌」としました。しかし、中七に既視感があり、作為的な感じがします。賢治の本質に迫れなくとも、少なくとも賢治の作品から受ける印象を象徴するような言葉が欲しい。自然、不条理、喪失感、死、祈り……などと模索するうち、賜（たまわ）るように浮かんだのが「ひとつ足りない」でした。独りよがりではないかと自問しつつも、自分なりに手応えを感じて、どうにか成句に至った次第です。

成句　**どんぐりのひとつ足りない賢治の忌**　（市村和湖）

原句と成句を比較すると、忌日の捉え方が、賢治の作品世界の一般的イメージから、賢治の本質へと深まっていることがよくわかります。しかも成句のほうが単純明快です。

推敲過程に「不条理・喪失感・死」という、負の言葉が登場しますが、このような動かしがたい現実に対して、心と力を尽くしたのが宮沢賢治という人ではなかったかと思います。その哀しみが、「どんぐりのひとつ足りない」という言葉によって捉えられています。

この句は文語表現だと、

どんぐりのひとつ足らざる賢治の忌

となるところでしょうが、「足らざる」という表現はこの句には似合いません。「足りない」という口語の呟き（つぶやき）が、誰かの肉声として聞こえてくる点が魅力でしょう。

その上で、忌日句の場合に問題になる「○○の忌」という使い方でよいかという点について考えておきたいと思います。亡くなられた俳人の深見けん二氏は、毎年虚子の忌日に句を献じておられましたが、一貫して「虚子忌」とされています。「虚子の忌の〜」というような使い方はありません。可能な限りこれに倣（なら）いたいというのが私の立場です。結果として「どんぐり」を諦めざるを得ないことは残念に思います。

添削　**賢治忌のひとつ足りない櫟（くぬぎ）の実**

㉕ 言葉のイメージの広がりを生かす

原句　**枯葉なる金粉散らす山の墓**

父の納骨が執り行われたのは、晩秋の空の澄み切った日であった。私にとっての父親像は「万能で、ユーモアに溢れた強い父」であったが、その反面、厳格で非常にこわい存在でもあった。晩年は厳しい面が薄らいだが、父とは尊敬と葛藤の日々を送ってきたと思う。

法要が終わり、寺の門を出た辺りで、黄色、薄茶に色づいた木の葉が大量に降り注いできた。あまりの量に驚いて仰ぎ見ると、墓の裏手の山の黄葉が、風で一斉に散りはじめたのだ。それは秋の陽光を受け、きらきらと、まるで金粉をまき散らすかのようであった。「いかにも父らしい別れの挨拶だ」と、その時の思いをしたためたのが原句である。「ありのまま」の思いから、句が叙述的で、届いていないように思える。

問題は三つと考えた。一つは季語の「枯葉」。これはあの日の明るさを表すため「黄落(こうらく)」とする。二つ目は「金粉」の比喩が、実際そうではあったが、言葉の先に広がりがあるかどうか。三つ目は「山の墓」と安易に場所を置いてしまい、父が見えず説明的でもある。

成句では、木の葉が輝きながら風に乗り、山から降りしきる光景は描けていないが、弔いの思いは、季語「黄落」に託せたであろうか。また、父にも思いは届いたであろうか。やはり気持ちの入り込む句は難しい。

成句　**大いなる黄落父の骨納む**　（北村　浬）

父の納骨という厳粛な場面を捉えて、実景である「枯葉」から「黄落」への推敲が素晴らしかったと思います。しかし、かの与謝野晶子の〈金色のちひさき鳥のかたちして銀杏ちるなり夕日の岡に〉の名歌があるので、夕日に散る銀杏の輝きは類想になりやすく、詠みにくいのです。「金粉」を避けたことは正解だったと思います。

そこで、「大いなる黄落」という表現に至ったというのもいい推敲ですが、敢えていうなら「父」という言葉に「大いなる」は含まれているように思えます。五・七・五という型の中に入れた時、一つの言葉は、その言葉が発するイメージの広がりを含みます。日常用いている言葉が詩の言葉になるのは、型の効果なのです。

そこで、「黄落」がやまない風景にしてはどうでしょう。父の存在の大きさと、それを失った作者の心情がより表れるように思います。

添削 **とめどなき黄落父の骨納む**

㉖ 対象の特長を捉える

原句　一羽また一羽沢鵟の塒入り

渡良瀬遊水地は、栃木・群馬・埼玉・茨城の四県にまたがる湿原面積三十三平方キロメートルの遊水地で、そのうち十五平方キロメートルは広大な蘆原である。夏はツバメ、冬はチュウヒ（沢鵟）の塒入りを観察できる。交通の便が悪く、遊水地での移動には車が不可欠。昨年の十二月、渡良瀬遊水地でチュウヒの塒入りを見るツアーに参加した。

蘆原を見渡せる小高い場所で、チュウヒの姿を探すのだがなかなか現れない。チュウヒは冬鳥として日本にわたってくる猛禽で、獲物を狙って草原を低く飛ぶ。翼をV字形にして飛ぶのが特徴。夕闇が迫るころ、ようやくチュウヒが出現し、蘆原の近くまで降りて観察した。風に乗るように、風を切るような飛び方でひらり、ひらりと蘆原に入ってゆく。

原句ではチュウヒの飛ぶ姿を、具体的に表現できていない。また、チュウヒの数は多くなかったので「一羽また一羽」は的確な表現とはいえず、全体として景色が見えてこないのではないかと思った。

成句では「翻へる」の一語でチュウヒの飛ぶ様子を表しているのだが、これで十分かどうか。チュウヒに限らず鳥たちの特有の飛翔を、どのように表現したらよいのか。もっとも工夫が必要と思う。

チュウヒの塒入りのような多くの人に馴染みのない光景を一句にするのは難しいが、鳥の句を詠むことを続けたい。

成句 **翻へる沢鵟一羽の塒入り**

（真隅素子）

「鳥」に精通している作者ならではの文章で、鳥の魅力がよく伝わってきます。「沢鵟」という鳥がいることを初めて知りました。

こういう特殊な題材は、読者の共感を得にくいので、説明になるか、逆に一般的になってその特殊性が伝わらないか、難しいところです。作者が述べているように、翼をV字形にして低く飛行する精悍(せいかん)な姿を知っていれば、その塒入りが感動的であることがわかるのにと残念に思いました。したがって、「翻る」ではまだ「沢鵟」が捉えられていないということでしょう。猛禽類だと鋭い動きがイメージされるため、「ひらり、ひらり」の感じを出すには、せめて「ひるがへる」と平仮名表記する方がいいと思います。

「塒入り」の一瞬を捉えることで一句はまとまるので、「一羽」も不要。一句に緊張感のある調べが必要ではないでしょうか。これが〈添削〉の案です。

その上で、〈別案〉を考えました。「沢鵟」そのものの写生ではなく、十二月の夕闇迫る広大な蘆原を捉えることで、「沢鵟」の野性が表現できないかという試みです。

添削　**塒入りするとき沢鵟ひるがへる**

別案　**湿原に闇をむかふる沢鵟かな**

㉗ 主体を考える

原句　白鳥のかがやいてをり夜の川

十一月、出張が終わり夕食後に宿から出て見た光景。川にいた白鳥が動かず、暗さの中に白鳥だけが浮き出て見えた。

一応原句をメモしたものの、見たままのありきたりの表現で、とても納得がいくものではなかった。「白鳥の浮かんでをりぬ夜の川」にしてみても詩的な感動がない。行き詰ったので、少し頭を休めて散歩してから宿に戻った。あの光景を思い出し、白鳥だけに視線を向けていた自分を少し引いてみた。暗い川の中に浮かぶ白鳥のゆったりとした揺れ……白鳥はきっと眠っていたのではないか。ならば「かがやく」という言葉はそぐわない。「白鳥の眠つてをりぬ夜の川」ではないか。しかしこれも目にしたままの表現。景色をいったん白鳥から広げたにもかかわらず、結局白鳥だけに気持ちが向いている。とはいえ白鳥を外すとあの光景はもう句にできない。ジレンマが続いた後、あの光景は、ゆりかごの中で子が寝かされている感じではないか……ならば「川」ではなく「波」。そして「波」に言葉が置き換わった瞬間、白鳥は「眠っている」のではなく、「波」に「眠らされている」のだ、というところにたどりついた。

「白鳥」を詠むと決めてしまうと「白鳥の」から逃れられなかった。対象を離さず、体の位置を動かし、周りの景色とともに見直すと、違ったもの、違った表現が見えてきたのである。

成句　**白鳥を眠らせてをり夜の波**　（吉田　功）

「白鳥の」から「白鳥を」への発想の転換によって、主体が「白鳥」から「夜の波」へと変化しています。そのことによって一句が完成してゆく過程がよくわかりました。

原句の、夜の白鳥の白い輝きは幻想的だったでしょうが、表現としての「かがやいてをり」は多くの人が使う言葉なので、作者の感動を十分に伝える詩的な表現には昇華されていません。「川」も、それが「夜の川」であったという時間と場所の説明になっています。しかし、ともかくスケッチしておかねば推敲の手立てがないので、第一段階としてはこれで良いでしょう。

一方、成句は「白鳥」が自然に身を委ねているような趣きで、「波」がよく働いています。感動の焦点が何なのか、推敲の中で対象と向き合ってゆく集中力が見事でした。ただ、闇の中に浮き上がる「白鳥」の部分は捨てられていますので、ここに月光を加えることもできるかと思いました。

〈別案1〉は「月光の波」を上五に置く次の形です。しかし「月光」は秋の季語でもあり、調べも堅いので、〈別案2〉では成句に近い形にして、下五を「月の波」としてみました。

別案1　**月光の波白鳥を眠らしぬ**

別案2　**白鳥を眠らせてをり月の波**

㉘ 句またがりのリズム

原句　大寒の聖堂寿ぎのバッハ

　東京カテドラル聖マリア大聖堂を一月の吟行句会で訪ねた。丹下健三設計による、空から見ると十字架の形をした建物で、祭壇の向かい側には、高さ十メートルという日本最大級のパイプオルガン（イタリア製）が設置されている。その日は婚礼が行われるらしく、床には赤い絨毯が敷かれ、祭壇も美しく整えられていた。

　ふいにパイプオルガンが鳴り始めた。式のための練習であるという。美しく柔らかい響きが、高い天井から聖堂全体をやさしく包み込む。曲はバッハのコラール「主よ、人の望みの喜びよ」。合唱や連弾で親しんだ私の好きな曲である。

　句帳のメモ書きには「寿ぎのパイプオルガンバッハかな」。しかしこれでは季語も無く俳句とも言えない。そこで、「聖堂」という言葉を使えば「パイプオルガン」を外してもよいかと考えた。

原句は句またがりではあるが、季語を入れることはできた。しかし「大寒」はその日の時候季語を置いただけである。そこで、この聖堂の構造の特徴でもある「窓」に思い至った。パイプオルガンの後ろ側も十字架形の天井から垂直に窓となっている。

季語に「凍窓（いてまど）」を用い、「聖堂の凍窓」とすることによって、冷たく引き締まった空気感とともに、これから行われる婚礼に対する厳粛さ、祈りの心がそこに集約され、バッハの音楽とともに、神聖な、祝福に満ちた聖堂を詠んだ一句とした。

成句　**聖堂の凍窓ことほぎのバッハ**　（大塚康子）

この吟行で訪れた時の聖堂は、結婚式を控えて赤い絨毯と、それを縁取るように置かれた花々で、厳粛なうちにも華やかさがありました。パイプオルガンの演奏は私も聴いていい

ましたが、朝の聖堂全体を荘厳にするような清々しさでした。

原句は「聖堂」と「寿ぎのバッハ」が動かないと思います。「聖堂」によってパイプオルガンを省略した点も優れているでしょう。また、「祝婚」などの出来合いの言葉に頼らなかった点も良かったと思います。

「大寒」は吟行句としては実感があり、聖堂に響く音楽の荘厳さを思わせます。また、「9音＋8音」の句またがりによる韻律という点でも印象的です。

一方、成句は写生を基本にしているものの、「凍」の字が「ことほぎ」を打ち消してしまうように感じられます。

そこで「一月」を置いてみました。年の初めの清潔感が一句を支えてくれるのではないでしょうか。

添削　一月の聖堂ことほぎのバッハ

Ⅲ

俳句表現の可能性をさぐる

① 季語に心情を託す

原句　古切手缶に集めし啄木忌

春、母の遺品整理をしていた。切手収集用の冊子の存在は知っていたが、とりわけ趣味としていたという感じではなかった。しかし、その数の多いこと。母方の祖父の時も切手や硬貨の整理を親族がしていた姿を思い出した。古切手の絵柄の何とも微笑ましい温かさに心和むとともに、今では書くことも少なくなった手紙の存在を改めて実感させられた。

原句では、生活の一部であったであろう手紙の存在を「啄木忌」の季語で表してみた。また、遺品整理からの発想もあって「忌日」をもってきたのであるが、安易だとも感じる。そこで、次に考えたのが「春愁」であった。しかし、これだと答えを出してしまう感もあり、最終的に「春陰」を季語として上五に置いた。一方、中七の「集めし」が気になる。これでは主体が作者自身となり、また説明的でもあるため、できるだけ「古切手」を描くという形に直す推敲を重ねることになった。そこで出来上がったのが「缶いっぱいに古切手」である。ただ「いっぱいに」と「いっぱいの」で迷ってしまった。最終的には古切手の数の多さ、種類の豊富さに対する驚きを詠むという点で、「いっぱいに」とした。

成句　**春陰や缶いっぱいに古切手**　（川嶋久予）

お母様の遺(のこ)された「古切手」を詠んだ一句、季語、内容ともに推敲が丁寧であると感じました。普通なら「母の遺せし古切手」となってしまうところですが、その数の多さや懐しさなどを生かすために、「缶に集めし」という言葉が選ばれたのも良かったと思います。最後の「缶いっぱい」に対して、「に」なのか「の」なのか、という点の推敲も大切なところです。どちらも意味は通りますが、「の」は「古切手」を強調し、「に」は「缶一杯」であることを強調すると思います。ここで作者は「に」を選んだのですが、この

「に」に作者のお母様への溢れるような思いがよく出ています。

「缶」を満たしているのは「古切手」であると同時に、作者のお母様への心情だからでしょう。「こんなにたくさん」という思いが、「春陰」と響き合って切なさを秘めた一句になりました。「春陰」は明るい春にあって、憂いを帯びた陰りを感じさせる季語なのです。

そこで、次に示すのは別案です。「缶」には作者の実感があると思いますが、「文庫」としてみます。そして「母」という言葉も使いました。

別案　**春陰や文庫に母の古切手**

②　取り合わせを一物に

原句　梅東風（うめごち）や葬る一羽を手につつみ

鷽（うそ）は春を告げる鳥。梅の花につきものの鳥とされる。季節によってすむ場所を変える漂鳥（ひょうちょう）で、春は人里近くにいる。最近は住宅地の庭の木々にも見掛けることがしばしばある。我が家の庭でも時々声を愛でることができ、とても癒されていた。ところが春の霜の降りるほどの寒いある朝、庭に一羽の鷽が地に冷たくなっているのを見つけて、おもわず手の平にそっとのせた。傷ひとつなく奇麗なままで、ただただ冷たさが沁（し）みた。庭の木の下に小さな穴を掘り、葬ってやることにした。

「庭隅に葬る一羽や春の霜」と取り敢（あ）えずその時のことをそのまま詠んだ。全く報告説明だと思いつつ。しばらくしてから落ち着いて、小さな命を両手につつみ、冷たい土に埋める時の切ない気持ちを整理した。

読み返してみて、自分なりに梅東風の季語が合っていないし、生きていないと思った。また下五の「手につつみ」も、もっと具体的な方が良いと考えた。

季語を「春浅し」に変え、土に埋める前に少しでも温めたいと思って両手でしばし包み込んでいたので、下五を「手でぬくめ」とした。しかし、その時の状態や気持ちを詠んだだけだったのではないかと自問する。

日常の出来事や感動を物に即して詠むこと、そして、思いは物に託すことを心掛けていきたいと思います。

成句　**春浅し葬る一羽を手でぬくめ**

（吉田黎子）

一羽の鳥を「葬る」という具体的な行為によって、一句が成立したのだと思います。そのための推敲過程もよくわかり、成句の季語も良いと思います。ただし、

春浅し葬る一羽を手にぬくめ

とするほうがいいでしょう。成句の「～で」という表現は、口語であり、説明的でもあります。

その上で、「手に」とすると、包み込むような感じが出ます。

「鷽（うそ）」を季語として使ってみたのが次の句です。「鷽」は「琴弾鳥（ことひきどり）」「鷽姫」とも呼ばれる鳥で、口笛を吹くような柔らかい声で囀（さえず）ります。こんな美しい鳥ですから、「鷽」を葬るだけで十分一句になるでしょう。ですから、これを季語として使いたいと思います。

「喉あかき」は「鷽」の説明のようですが、鳴くことで春を告げるのですから、「喉あかき」に鳥の死を哀れに思う心情が託せると思います。

添削　**喉あかき鷽（うそ）を葬りぬ手にぬくめ**

③ 立体感を出す

原句　**母脱ぎし若草色の花衣**

母は、小柄で着物しか着たことのない人であった。私は子供の頃から母の傍らにいることが好きで、買物にもよく付いて行ったものだ。そして、帰宅した母の脱いだ着物を畳(たた)むことも好きだったことを覚えている。

普段は質素で、いつも同じような着物に割烹着(かっぽうぎ)姿の母の印象が強いが、時として上等の着物を着て外出することもあった。母が一番気に入っていたのは薄い緑色の着物だったのではないだろうか。あれは花衣だったのでは……と思い作ってみたのが原句である。

母との日々の回想と色彩感だけで作った句である。しかし、「母脱ぎし」がしっくりこない。着物を畳むという私の目線を工夫しなければいけないと思った。

そこで平面として捉えた花衣を立体的に表現してみようと思った。すると、外出する母のいそいそとした後ろ姿が目に浮かび、小柄であった母の背丈に花衣が立ち上がったような気がした。

脱いだ後の草臥（くたび）れた花衣よりも少しは華やかになったかと思う。

母も一人の女性として、花の頃にはお気に入りの着物を着て楽しい時を過ごしたのだと思うと、嬉しい気持ちになった。

成句　**花衣母の背丈に立ち上がり**　（西川幸子）

着物にまつわる母との思い出を綴った文章で、文章そのものが心に響きます。このように、回想を一句にするのは難しいと思いますが、「花衣」という「もの」がしっかりあることで、句の意味がよくわかり、成功したのでしょう。

作者も気がついているように、原句は「母脱ぎし」が説明的です。とくに題材の持つイメージから考えても、「母の脱ぎたる」と助詞を補って、ゆったりとした調べで詠む方がいいと思います。

成句は「母の背丈」の表現によって、畳まれていた「花衣」が立ち上がります。「若草色」を外したのが正解でした。本来「花衣」は花見に出掛けるための特別な着物ですから、これから花見に出掛けるような趣で、季節感も生きます。

その上で、「立ち上がる」を上五に置くと、「花衣」が際立ち、句に動きが出るでしょう。着物は畳んであるときには平面的なので、「立ち上がる」という打ち出しが生きるのです。この場合は、「花衣」に向かって一気に句を読むことになるので、切れがありませんが、内容から考えて切れは不要です。

添削　**立ち上がる母の背丈の花衣**

④ 想像した情景を詠む

原句　淡海より鬼界ヶ島へ蝶渡る

「てふてふが一匹韃靼海峡を渡って行った」。大正時代の安西冬衛のこの詩が、以前から気になっておりました。実際に海を渡れる蝶が存在するのだろうか。この疑問を調べてみようと思いました。

アサギマダラという蝶を琵琶湖で捕えて、羽に日付と場所をマーキングして放したところ、四、五日後に琉球列島で採取されたとの記録があったそうです。その他にも関東には小笠原まで移動する蝶もおりました。さらには北海道からサハリンまで飛ぶ蝶がいることもわかりました。

自然の営みとは言え、こんな遠くまで海越えて飛ぶ蝶の存在に興味を持ち、蝶の句を残したいと思いました。

原句は報告句であり、鬼界ヶ島の地名が強すぎて渡りの蝶の影がうすくなった気がしました。成句の「流刑の島」でも目立ちすぎるようにも思いましたが、蝶は営々とこの渡りをくり返しているのですから、遡った時代より現在までの時の長さを「流刑の島」で言えると思いました。この題材はこれからも続けていきたいものの一つです。

私は題材に印象的なものを求めて作る傾向がありますので、季語をもっと深く読みこむことと、「俳句は意味ではない、リズムだ」を実践しながら詠むことを、これからの課題としていきたいと思っています。

成句　**海越ゆる流刑の島へ渡る蝶**　（石川桜衣）

「海を渡る蝶」というテーマから、俳句を詠んでみるという方法が新鮮です。「アサギマダラ」が海を渡ることは知っていましたが、四、五日で琉球列島に達するというのは驚き

ました。原句の背景もよく伝わってきました。

しかし、作者も書いていらっしゃいますが、やや報告的で、「鬼界ヶ島」も唐突な感じがします。基本的に、固有名詞を二つ入れるのは難しく、この句のように「AからBへ」というように使われると、なおさら報告になってしまいます。

そこで成句ですが、よく工夫されていると思います。ただし、内容的には〈海越えて流刑の島へ渡る蝶〉になっているので、「海越ゆる蝶」として焦点を定める必要があります。また、作者がこの蝶をどこで見たかという問題もあります。想像上であっても、作者の立ち位置が大切なのです。

なぜ「流刑の島」へ渡るとわかるのでしょう。この句は、「流刑の島」をほのめかしておく、という方法をとると、とてもいい句になると思います。

添削　**海越ゆる蝶や流刑の島とほく**

⑤ 題材を生かす

原句　数百の青竹岸に漁期来る

幼い頃から海が好きである。子供の頃、祖父とのドライブで、津屋崎（つやざき）、神湊（こうのみなと）、鐘崎（かねざき）、さつき松原などの玄界灘（げんかいなだ）に面した七浦（ななうら）の海辺によく行ったものだった。

これらの浦々の守り神は、二〇一七年に世界遺産に登録された宗像（むなかた）大社である。その秋祭り「みあれ祭」に、浦々の漁船は宗像三女神を供奉（ぐぶ）し、白波の上に豊旗雲（とよはたぐも）のような大漁旗を靡（なび）かせて豊漁を祈る華麗なパレードを行う。

原句は七浦の一つ、宗像市の鐘崎漁港に行った際の句である。岸壁に数百本もの長い孟宗（もうそう）竹（ちく）が積んであった。多分漁に使われるものだと思われ、その場でメモ代わりに詠んだ句である。

しかし、何の漁に使われるのかわからなかったため、後日、漁協に電話して尋ねてみた。

それは鱰漁の浮魚礁を作るための物であると、親切に教えて下さった。ただ、原句では具体性に欠けるし季語も不明瞭だと思い、ノートに書き留めたままにしていた。
翌年五月、同じ場所へ行くと、今度は青竹の両端を五、六本束ね、紡錘形にした仕掛が大量に積んであった。これだと思ったが、魚礁の形状をうまく表現できず、結局青竹の色彩と初夏の爽気を入れてシンプルに詠むことにした。
吟行は同じ場所へ季節を変えて何度も足を運ぶようにと言われたことを実践した結果、時間をかけて成立した句である。

成句　**青竹を結ふ鱰漁夏に入る**

（戸田晶子）

宗像大社は世界文化遺産に登録されたことで、多くの人が訪れる観光スポットとなっています。この句が詠まれた鐘崎漁港も、宗像大社を守り神としていて、恵まれた吟行地。

しかし、「青竹」に眼を留めたことで、観光名所俳句にならなかった点が良かったと思います。

原句は、青竹の用途が不明であったために、数百本もの青竹がただ岸に置かれているだけで、それを十分生かせませんでした。ただし下五を「漁期来る」として、「青竹」が漁のためのものであることを匂わせている点に、作者の工夫が見えます。

それに対して成句は、「青竹」が何のための物かという情報を得ているため、一句全体の言葉が緊密に働いていて、「夏に入る」という季語に躍動感があります。「青竹を結ふ」という表現も、「鰡漁」という言葉との関係で、竹を繋ぎ合わせて漁具にしているのであろうと想像が出来ます。

そこで、次の句は別案です。着実なものを積み上げての推敲で、狂いがありません。「青竹」を組んで作る「浮魚礁」に立夏の力、海の神の恵みを感じました。

別案　**夏が来る真竹組みたる浮魚礁**

⑥　発想の飛躍

原句　竹の葉散る淡きひかりの嵩なせり

四月の句会の午前中に、大田黒公園をひとり吟行した折の句です。音楽家の大田黒元雄の屋敷跡を日本庭園とした所です。正門を入ると、樹齢百年の大銀杏の並木が初夏の光に静まり返っていました。庭園には欅(けやき)、赤松、椎(しい)の巨木、青もみじが茂り、小流れが池に注いでいます。池をひとめぐりすると、ベンガラ色の洋館の脇に竹林があり、竹の葉が一葉ずつ静かに散っていました。初夏の光をうけて散る竹の葉に見惚(みと)れてしまい、動くことが出来ませんでした。原句「竹の葉散る淡きひかりの嵩なせり」です。

洋館の中に入ると、薄暗い洋間に木彫りの大きな蓄音機、スタインウェイのグランドピアノ、書棚に『洋楽夜話』がありました。窓は硝子張りで、今しがた歩いた庭園の緑が一望されました。そこで、

竹の葉散るからくさ彫りの蓄音機

としましたが、何か足りません。その間にも硝子窓の外に竹の葉が降り続いていました。

しばらくしてふと、昔ピアノの会で、ある姉妹が振袖姿でピアノを弾いていた姿を思い出しました。身八つ口から振りの部分が、腕を水平に動かす度に絹の柔らかな重みでゆるやかに揺れていた様が浮びました。

眼前の竹の葉の散る様から、追憶としてピアノに向かう振袖の揺曳（ようえい）が重なり、成句となりました。

成句　連弾の袂（たもと）さやけし竹落葉

（榊原敏子）

美しい文章で吟行案内にもなる内容です。調べて見ると、ここは公園というより屋敷跡の日本庭園という趣で、四季折々楽しめる吟行スポットだと思いました。

原句から成句まで三段階を経た推敲過程もよくわかり、現場での写生から過去の記憶による飛躍へと、句の内容も深まっています。

「竹落葉」は初夏の季語で、光との組み合わせで詠まれることが多いように思います。原句もよく詠めていますが、既に誰かが詠んでしまっていそうで、いわゆる既視感のある作品になってしまいました。

推敲句は「蓄音機」との取り合わせがいいと思います。ただし、「竹の葉散る」と「からくさ彫り」では、植物の組み合わせなので季語の印象が弱くなってしまいます。これは別の季語で一句にしておきたいところです。成句は現実には無い情景ですが、「連弾の袂」という表現が魅力的です。ただし、季語が初夏なので、「袂さやけし」はさらに推敲が必要でしょう。

そこで、原句、推敲句の「竹の葉散る」の明るさを生かし、「さやけし」を外しました。

添削　**竹の葉の散る連弾の袂かな**

⑦ 否定より肯定

原句 **風涼し数字少なき時刻表**

その日、私は孫娘誕生の知らせを受け、高島市民病院へ向かっていた。あいにく湖西線の連絡が悪く、次に近江高島まで行く電車まで約一時間。少しでも近くへと電車を乗り継ぎ近江舞子に辿り着いた頃には、淡海に癒され、逸っていた私の心は落ち着きを取り戻していた。湖は広く美しく、優しい風が緑を揺らしている。この感動を俳句にと、季語を「風涼し」と決めてみたものの、後がうまく続かずホームをうろうろするばかりであった。ところが、当初うらめしく眺めていた一時間に一本か二本の時刻表が、何度も前に立つうちに大らかで人間的に思えて来た。そうだ、この時刻表で豊かな情景が浮かぶのではと思い至り、原句となった。

しかし「数字少なき」は余りにそのままで、しかも否定的ではと悩んだ末、「まばら」に行き着いた。視覚的にも動きがあり否定感も消える。

一応出来上がったが、季語がおとなし過ぎるのではないかと歳時記を繰り、「夏燕」に出会った。青田を掠(かす)めて飛ぶ姿は夏らしくすがすがしいとある。確かに空には何かが掠めているし、夏燕と詠むことで高い空と緑が見え、景色が大きくなる。思いは全部この季語が語ってくれていた。

先生の「季語がすべて」という教えを実感し、成句となった。努力も感性も不足しているが、季語の奥深さを少しずつ学んでいきたい。

成句　**夏つばめ数字まばらな時刻表**　（井戸田起世子）

一句の背景になっている、近江舞子辺りの穏やかで清涼感ある風景を思い浮かべつつ、推敲の過程を読みました。

第一に、「孫娘誕生」という喜びが、直接ではなく清々しさとして表現されている点が良いと思いました。第二に、「数字少なき」から「数字まばらな」への中七の推敲が見事です。列車の本数が少ないという不満、つまり否定的な捉え方から、土地や風土への思いの深まりが、肯定的な言葉の発見に繫がったのです。推敲はこうありたいと思いました。どう詠むか、いかに表現するかは、単なるテクニックではなく、前向きで豊かな発想に支えられてこそのものだということです。

そして、第三に季語の推敲です。一度季語を決めると、呪縛に掛かったように、その季語が手放せなくなるものです。しかし、「夏つばめ」の斡旋（あっせん）が一句に躍動感をもたらして完成。申し分のない推敲でした。

次にあげるのは別案で、孫娘に会いにゆくという特別な旅であることを捉えました。

別案　**赤ん坊を抱かむと来れば湖涼し**

⑧ 発想を変える

原句　**糸とんぼ虚空音なくとびにけり**

自宅近くの石神井（しゃくじい）川を遡ってゆくと都立石神井公園に突き当る。私の散歩道でもある。この公園の中には石神井池と三宝寺（さんぽうじ）池の二つの池があって、それぞれの佇（たたず）まいを見せている。石神井池には貸ボートなどがあり、ボートを楽しむ人々などで土曜日曜は大変賑っている。

一方、三宝寺池は木々の緑も濃く、佇まいも静寂である。私はこちらの方が好きで、時間がある限り、ベンチに座っていることが多い。樹々の間を通る風の音や、鳥の声を聞き、水輪の広がりを見ている。だからといって俳句が作れるわけではないのだが。

ある日、右から左へと目の先を「糸とんぼ」が音もなく横切った。まるで空気が動くようだ。小さな魂が移動するように思えた。目で追うと、二、三メートルしか飛ばず、葦の間でじっと動かずにいる。しばらく見ていたが、まったく動かず、飛ぶ気配すら感じられなかった。

音なく飛ぶ様子を表現したいと思ったが、なかなか言葉が見つからない。無音、沈黙、寂寥、黙、無言、黙然、黙々、ひそひそなど考えてみたが、しっくりと来ず困った。もっとやさしい言葉がないだろうかと考えた。翌日も出かけてじっと見ていた。そうすると、無音ではなく、飛ぶ音がかすかではあるが耳に届くように思えた。心に届いたかのように思えたのである。かすかな、かすかな音であった。

成句　糸とんぼささやくやうにとびにけり　（早坂紀幸）

石神井公園の三宝寺池は、季語の宝庫とも言うべき自然環境に恵まれた所で、私も何度も訪れています。亡くなられた俳人の深見けん二氏も、ここでよく写生をされていたように伺っています。ここが日々の散歩コースであること自体、羨ましい限りです。

そこで見つけた「糸とんぼ」の、音無く飛ぶ様子に心を集中させての一句で、推敲過程もよくわかりました。原句の「虚空」を生かして推敲すると、

糸とんぼ虚空に音をのこさざる

となるでしょう。「糸とんぼ」ならではのひっそりとした感じがよく出ています。成句は発想を変えて挑んだことで、「ささやく」という言葉に出会ったのが良かったと思います。問題は「とびにけり」で、ここが目立ちます。「糸とんぼ」の存在そのものが「ささやくやうに」であるほうが、句が生きるでしょう。そこで、「かそけし」という言葉を加えてみました。その結果、動詞が無くなり焦点が定まりました。
発想を変えることで、逆に言いたいことが表現できるのです。

添削　**かそけくもささやくやうに糸蜻蛉**

⑨ 言葉を選ぶ

原句　絹紙布(しふ)の飛燕文様(ひえんもんよう)風すずし

近くの図書館で「紙布という布の魅力」と題した、涼やかな着物を大刷りにしたチラシを目にした。内容は、紙布の着物の展示、和紙から糸を紡ぎだす実演・講演の案内で、ぜひ訪ねてみようと思い、会場の東京都北区飛鳥山(あすか)の「紙の博物館」に出掛けた。

講演は紙布用の良質の和紙を探し求め、江戸時代の紙布の復元に至るまでの興味深い内容で、糸車の実演も行われた。緯糸(ぬきいと)に紙布糸、経糸(たていと)に絹や綿を使って織り上げる紙布の着物は、織りも多様で染色も美しく、何より風合が優しい。そこで、原句を詠んだ。

しかし、これでは当初の作句意図、「紙布の美しさ」ではなく、涼やかな飛燕文様を詠んだ句になってしまっている。

推敲に行き詰っていたある日、「思いは具体的な季語に託そう」と考え直し、幾つか季語を挙げてみた。

濃紫陽花・青楓・夏燕・梅雨の蝶……。

実演では、糸を紡ぐのに細く裁断した和紙を繰り返し湿らせては揉み込んでいた。幾度も水に晒すことで得られる和紙特有の「白さ」や紙布の美しさは、どう描写すれば表現できるのだろうか。

その日の帰路は、朝からの雨が上がり、梅雨の月明りであった。紙、水、梅雨と揃いすぎてしまった。「梅雨の月」に一句は託せただろうか。季語の選択に課題が残ってしまった。

成句　**綿紙布は水の白さを梅雨の月**　（大山妙子）

「紙布」をテーマとする講演と実習から一句を詠むという内容で、「紙布」の魅力がよく伝わってきました。芭蕉の句に〈紙ぎぬのぬるともをらん雨の花〉があって、紙子が雨具であったことがわかります。紙製と聞くと、破れやすいのかと思いますが、上質の和紙と綿や絹を織るのですから、むしろ耐水性や耐久性にすぐれた高級な織物であることもわかりました。

原句は「飛燕文様」を涼しいものとして表現しているので、

絹紙布の飛燕文様とて涼し

とすることも可能です。「風」を外したことですっきりしたと思います。

成句は、紙布の本質を捉えていて「水の白さ」に発見があります。問題は中七の「を」で、この場合は無いほうが季語が生きるでしょう。なぜなら、「を」のあとには省略があるからで、例えば「を（湛(たた)えている）」などで、「を」の後の空白が目立つことで季語の効果が弱まるのです。

そこで、「真水」という言葉を使ってみました。こうすると「白」も生きます。

添削　**綿紙布は真水の白さ梅雨の月**

⑩ 文語文法に則る(のっと)

原句　この海を渡れば故郷夏の海

今回の句は、ある句会に出句する為に、海を見るといつも浮かんで来る私の郷愁を句にしたものです。概ね(おおむ)私の句は、まず季語を見付けた後に、発想を展開させて作っています。この時は季語を夏の海と決めて作りました。

私は徳島県の南端、高知県との県境の海辺の町の生まれで、帰省時には常に紀伊水道を渡らなければなりません。吟行等で大阪の海を前にすると、この海の先に故郷が在るのだという思いにかられます。現在は子供達も成人し、両親は既に亡く帰省の足は遠のき、ここ何年も帰郷しておりませんが、海を前にすると亡き両親のことや兄弟のこと、一緒に遊び回った友や山河が胸中を去来し、年を取るほどに故郷は忘じ難く、いつも海の先の故郷に思いを馳せるのです。

原句は、その思いをそのまま句にしたものですが、これではいかにも平凡であり、「この」は不要。帰郷の思いを強くする為、また海の隔たり感を出したく、「この」を取り、海を「海峡」に変えました。

海峡を渡れば故郷夏の海

こうしたものの、もっと帰郷をしたいとの強い思いと、背景に淋しさが感じられるようにと「渡れば故郷」を「渡らば故国」とし、海がある障害感を出したく、「海」の重なりを避け、季語を「日雷(ひかみなり)」に変えて硬い調子にし、成句としました。

成句 **海峡を渡らば故国日雷**

(岡本　戎)

故郷への思いを具象化した句で、とりわけ「渡れば」から「渡らば」への推敲が見事だったと思います。

文語の場合、「渡れば」は仮定ではなく、渡ったことが前提になってしまいます。現代語の場合は仮定ですが、もうすぐ故郷に帰れるという期待感が感じられます。一方、「渡らば」は文語の仮定で、渡れない、あるいは渡らないことが前提になります。つまり、故郷への募る思いが表現できるということです。

原句と推敲句はともに「海」「海峡」と「夏の海」の重なりが気になるところでしたが、成句でこの点が解消されたのは良かったと思います。ただし、「故国」と「日雷」の組合わせはドラマチックすぎて、国交の無い国などのイメージになります。

季語を「青岬」とし、故郷への呼び掛けの句にしてはどうでしょうか。

添削　**海峡を渡らば故郷青岬**

⑪ 動かない季語に

原句　初夏の尾張国絵図江戸の色

定年退職後の数年間、江戸時代の古文書の整理や展示、目録作りなどを手伝った。その折に、巨大な尾張国絵図を見る機会を得た。国絵図とは、幕府が藩に命じて提出させたもので、尾張国絵図は徳川美術館や国立公文書館などに現存し、ホームページでも一部が公開されている。

コロナ禍で吟行もままならない初夏の頃、この国絵図のことが頭に浮かび、俳句に詠みたいと考えた。そこで、ホームページにある天保（てんぽう）の尾張国絵図の写真を観察。まず、その色に注目した。隣国の美濃（みの）は柿色、伊勢は猩猩緋（しょうじょうひ）、三河は鬱金（うこん）色、そして伊勢湾は留紺（とめこん）、といずれも当時の流行色で塗られている。

しかし、原句の「江戸の色」がこなれた言葉かどうか不安が残った。そこで絵図の真中に陣取る尾張に目を転じた。すると、そこには、眺めていただけでは気付かなかった小さな楕円が数多く描かれていた。郡ごとに色分けされた楕円の中には、村名とその村高が記されている。天保期の『郷帳』には、尾張国の村数は千八か村とある。絵図には、それと同数の楕円があるはずだ。

国絵図の千の村々麦の秋

「村々」として、農村の風景が見え、「麦の秋」が決まった。しかし、説明的な表現かと思い、もっと実感のある句にするため、再び絵図を凝視した。すると、楕円ひとつひとつが村そのもののように見えてきた。

成句　国絵図に村のひしめく麦の秋　（寺田正人）

国絵図という難しい題材に挑戦した作品ですが、推敲過程が丁寧にたどれていて、成句も成功していると思います。外出が出来ない状況でも、作句するためのヒントがたくさんあることを教えてくれています。

そこで、私が考えたのは別案です。面白そうなので、調べてみたところ、尾張国は交通の要所なので、街道がいくつも走り、宿場が多いという特徴があることがわかりました。作者の句は「麦の秋」を季語として、ひしめく村を捉えることで豊かな国土や人々の生活を表現しています。

一方「宿場」に注目すると、国絵図の活気が見えてきます。こういう題材を詠むときに難しいのは季語です。季語が動くのです。そこで、いろいろ考えているうちに、かつてどの宿場からも見えたであろう雄渾（ゆうこん）な夏の富士が、今も変わらず堂々たる姿を見せていることに気が付きました。「皐月（さつき）富士」なら「国絵図」を生かしてくれそうです。

別案　**国絵図に宿場ひしめく皐月富士**

⑫ 表現の抑制

原句　空蟬（うつせみ）や死の誘惑は空に満つ

昆虫の少なくなった都会に、真夏の強い光のなか、思いの丈を振り絞るように蟬が鳴いている。喬木（きょうぼく）の根元、灌木（かんぼく）、あるいは夏草のうえに、蟬の脱殼（ぬけがら）（空蟬）がしっかり残っている。それは、蟬の天に駆け上がるある一瞬の意志を表象している。

蟬は、地中に長く生き、天空に生きる時間はわずか数日である。一瞬の意志は死と再生、輪廻（りんね）の意志である。

こういう感慨には、長い歴史があり、そのまま俳句にしては、「よくある」「平凡」になる。そこで、ちょっと観念的な切り口で、原句を詠んだ。

句会での支持は0票。主宰からは、空蟬からの飛躍がわからない、とコメントをいただいた。そんな馬鹿な、と作った本人は思うものである。蟬は、蟬という存在の輪廻のために蟬となって空に死んでいく。死の誘惑は、同時に、子孫を残す誘惑である。

しかし、わからないといわれれば、考え直すよりない。

そこで、成句のように直してみた。ここでは、「空蟬」という観念的な匂いのする語は捨て、生きている蟬のナマナマしさを前面にだし、蟬の輪廻を表象させる言葉を「死の誘惑」から「空の涯(はて)」と後景に退け、「涯」に思いを乗せてみた。結果は、結社誌に掲載されたので、まずよかったのだろう。

成句　**羽化急ぐ蟬の空には涯のあり**

（野上　卓）


原句に対して、「空蟬」からの飛躍がわからないというのは、「死の誘惑」が「空に満ちている」という、やや観念的なイメージを、「空蟬」から導くのは無理だということです。

この句は「空蟬」を写実的に捉えたのではなく、「空蟬」という存在を抽象的に捉えています。そのために、作者の発想の飛躍に読者がついていけないのです。
それに対して、成句の「羽化急ぐ」は読者によく伝わるでしょう。そして、その結果、僅かな時間を「蟬」として生きたとしても、たちまち死が訪れるという思いが、「空には涯のあり」という表現になったということもわかります。「蟬の空」という大振りな表現も成功していると思います。

しかし、これもやはりまだ性急な句です。「涯」を言わないほうが「涯」が見えます。言うより言わないほうが、強い伝達力を発揮するのではないでしょうか。

添削　**羽化急ぐ蟬にまさをき空のあり**

⑬ 心情を詠む

原句　尖りたる祖母の紙縒や星祭

七夕になると、短冊を笹竹に結ぶための紙縒を縒っていた祖母の姿を思い出す。最近、紙縒を見かけなくなったことに一抹の寂しさを覚えていたので詠んでおこうと思った。しかし原句は単なる郷愁。どうも納得できない。

一昨年の七夕に、近くの大宮八幡宮で七夕の短冊のルーツである「乞巧奠」飾りが再現された。「乞巧」は巧みを乞う、「奠」は祀るという意味で、女性が技芸の上達を願う行事として奈良時代に始まったとされる。その後、中国の織女・牽牛伝説が加わり現在のような行事になった。短冊は、初めは五色の糸だったが、やがて五色の絹布になり、江戸時代に庶民の間に広まり安価な紙になったという。

大宮八幡宮の神門には五色の絹布が垂らされ、それを潜って技芸の上達を願う。神殿には梶(かじ)の葉や五色の紙垂(しで)を四方に巡らせ、筆硯(ひっけん)・雅楽器・絹糸などが供えられ、雅楽が流れていた。千年以上も続く七夕行事に思いを馳せた。その時、様々な願いを込めて一本一本丁寧に紙縒を縒ってきた古人の姿が祖母と重なった。「祖母」を消そう。次にぴんと尖った紙縒をどう描写するか。ふと「ゆるびなき」という語句が浮かんだ。これで、手わざの上達も願いの真剣さもなんとか表せるのではないかと思った。「乞巧奠」飾りに出会わなければ、このような古い季語を使う機会はなかった。忘れられない一句である。

成句　**ゆるびなき紙縒の尖り乞巧奠**　（渡辺敏恵）

祖母の「紙縒」から「乞巧奠」へと、季語の担っている文化を深く理解することが、即ち一句の内容を深めてゆくことになる、ということがよくわかる推敲です。大宮八幡宮の七夕の様子が具体的に記されている点も、季語の理解を深めてくれました。

推敲の最終段階で「祖母」を外すことが出来たのは、「乞巧奠」という季語が、祖母への思いを掬い取ってくれたからでしょう。ただし、成句を見ると「ゆるびなき」が十分な効果を上げているので、「尖り」は不要です。ではどうするか。たとえば、数詞を使うと、

ゆるびなき紙縒いっぽん乞巧奠

となって、一本の紙縒がよく見えます。この句は「ゆるびなき紙縒」と「乞巧奠」によって完成しているので、ことさらな言葉は不要なのです。

そこで、「祖母」を復活させてみたいと思います。心情を詠むので句としては緩むかもしれませんが、情感のある作品になります。発想を転換して、作者が「紙縒」を献じてはどうでしょう。最後に「祖母へ」なのか「祖母に」なのかが問題になると思います。「に」は「祖母」なる存在にという意味合いが強く、「へ」は方向が強調されます。「献じる」という言葉はありませんが、気持ちとしては祖母へ差し出す、献じる、という意味を表現したいので「へ」としました。

別案　**ゆるびなき紙縒を祖母へ乞巧奠**

⑭ 文法を正しく

原句　**受け継がる享保の位牌夏座敷**

「家の中にある一番古いものは？」と質問されたら、「仏壇の古位牌」と答えます。その位牌には、享保十八年癸丑年三月三日童女と刻まれています。享保十八年を西暦に直すと、一七三三年。

今から三百年以上前に何が起こったのか。その出来事を、亡くなった親も全く知りませんでした。私なりに推測すると、享保十八年の前年に西日本を中心として、江戸三大飢饉のひとつの享保の飢饉が発生しました。春の季語にある春窮の状態が発生したのです。亡くなった時期ともピタリと一致します。春窮とは、食べ物が全くない状態を言いますが、それは生易しいものではなく、生死にかかわる状態を意味するものだと解釈しています。黒位牌の童は、まさに春窮によって命を落としたと思われます。

飢饉にあった農民が黒位牌を買うのは並大抵のことではなく、それでも買わずにはいられない家族の慟哭があったのは間違いありません。「あなたの悲しみや悩みは何ですか？　それは私の受けたもの以上に苦しいものですか？」と、この位牌が私に問いかけてきます。

推敲にあたり、原句の場合、正反対の季語の「冬座敷」でも成立するので、「夏座敷」が効いていないと判断しました。「稲の花」は幸福感をもった季語で、自分の言いたいことにより近い季語だと思い選択しました。

成句　**受け継がる享保の位牌稲の花**

（大岡弘明）

仏壇に三百年も前の位牌が納められていることが驚きですが、それが「童女」のものであることに深い悲しみが感じられます。これを詠んでおきたいという作者の心情を大切にしたいと思います。

そこで、上五の「受け継がる」ですが、中七が「享保の位牌」と名詞なので、名詞に接続する形、連体形にする必要があります。正しくは「受け継がるる」です。しかし、こうすると上五が重くなって調べが良くないので、

受け継ぎし享保の位牌稲の花

とすると良いと思います。季語を「夏座敷」から「稲の花」としたのは見事で、「稲の花」こそが、人々の生活を支え、命を繋いできたことがわかります。

次に挙げるのは別案です。「享保の位牌」という以上、大切に受け継がれてきたことはわかるので、それが「童女」の位牌であることを詠んではどうかと思います。動詞の無い、印象鮮明な句になります。

別案　**享保の童女（わらべ）の位牌稲の花**

⑮ 固有名詞を生かす

原句　小京都闇焼きぬいて大文字

高知県四万十市は、関白一条教房公ゆかりの地で、祇園、京町、鴨川、東山などの地名が残っている。そして、全国に数ある小京都の中でも、京都と同じく大文字の送り火が行われることでも知られている。

旧暦の七月十六日午後七時過ぎ、あたりが薄暗くなると、松明を持った人々が影絵のように走り回り、筆順どおりに第一画目が点火され、風が火を、火が風を煽って、たちまち大の字が漆黒の闇を焼き抜いていく。

原句では、地方都市で行われる大文字の送り火を伝えたくて小京都としたが、大文字との関係が理解されないのではないか、上五に小京都という存在感のある言葉を安易に据えているが、あまり効いていないのではないか、そして三段切れではないか、などと考えているうちに没にしようかとも思ったが、「闇焼きぬいて」は生かしたい。そこで歳時記を見ると、そもそも大文字とは、盂蘭盆会（うらぼんえ）の最後の夜に行われる送り火のことであった。

成句では、小京都という言葉を削ったことで十七音字の器を広く使うことができたように思う。また魂送（たまおくり）としたことで、中七までのフレーズを季語が補完してくれるようになった。これらの効果で「闇焼きぬいて」が生きてきたのではないかと思っている。

成句　大の字に闇焼きぬいて魂送　（石川渭水）

以前、俳句大会で四万十市を訪ねた折、祇園や東山などの地名が残されていることを伺って、京都との縁の深さを知りました。「大文字」は、その縁の象徴とも言えるもので、俳句の題材として魅力的です。

原句は上五の「小京都」が重く、場所の説明になっていると思います。「闇焼きぬいて」を残したのは大正解。闇に浮かび上がる「大の字」も外せません。基本的に「大の字に闇焼きぬいて」は動かないと思いますが、中七の「て」は推敲の余地があります。「〜て」は説明的な表現なので、ここに切れが欲しいというのが私の感想です。「闇を焼きぬく」とすると切れが生じます。

下五の「魂送」は上五・中七の内容を明瞭にして効果的ですが、やはりまだ説明です。むしろ、「土佐」という地名を生かして、豪快な「大の字」を表現したいと思いました。

添削　**大の字に闇を焼きぬく土佐の盆**

⑯ 句柄を大きくする

原句　朝雲の触れ来る気配棉吹けり

山辺の道を折々に歩きます。今日は石上神宮から竹之内環濠集落あたり。廃寺跡を過ぎ幾つか集落を過ぎると稲田が広がります。あの杜の夜都岐神社で一休みと思った時でした。あっ、棉畑。こっちも向こうも隣の野菜畑も、この辺り一面は昔はみんな棉畑だったそうです。棉の木は腰丈くらい。桃のような形の実が弾けて白い繊維が吹きだしており、美しい棉の花も咲いていました。

初参加の京都句会には棉の句を、と句帳に記したのが原句です。しかし雲も棉もイメージは白、雲の気配では手触り感が薄いし、さてさて。万葉の昔から山辺の道は大和と伊勢や難波を結ぶ要路でした。その古道の棉を詠むには何に目を据えたら良いのでしょうか。色々入れ替えてみましたが、すっきりしません。思いきって太陽と地名で成句としました。

棉が吹いたら、摘む、殻を剝ぐ、種を除く、手の荒れる作業だったそうです。糸に紡ぐ、機で布に織る、打って布団綿に。荒れた手は人に優しい物を作り出しました。しかし「棉も作業も身の回りから消えた」と土地の人は言いました。お正月が近くなる頃、棉の実が付いた枝が花屋に並びます。棉の種はどこかで引き継がれているのですね。

成句 **棉吹いて日の上りくる大和かな**

（高沢　忠）

今も残る「棉畑」という魅力的な題材を捉えた名文です。折々、歩くことでしか出会えない、生きた季語だと思いました。

芭蕉が〈名月の花かと見えて棉畠〉と詠んでいたことを思い出します。元禄七年八月十五日、亡くなる直前の句で、棉畑が幻想的です。

さて、原句は中七の「触れ来る気配」が何に触れるのかわかりにくく、「触れ」「来る」

「吹け（り）」と動詞が多用されているために焦点が定まりません。一句に動詞が三つは多すぎるので、二つに留(とど)めます。

朝雲の触るる気配に棉吹けり

動詞を減らすことで、意味も明瞭になったのではないでしょうか。

一方、成句は太陽を配して、句柄が大きく、向日性に溢れています。日の昇り来る「大和」も時代を超える力をもっています。そこで、次の句は別案です。成句から「日」を取り去って、棉畑の広がりを表現してみました。

別案　**棉吹いて棉のしろさの大和かな**

⑰ 季語を生かす

原句　**秋日和小さな地図をもらひけり**

秋晴れの日曜日、妻と食事に出掛けた。この日、子どもらは学童保育の遠足に行っており、同居する妻の母から「二人でお昼でも食べてきたら？」と言ってもらった。行き先は、以前訪れたことのあるピザの店。カウンター席とテーブルが四つくらいの小さな店だが、奥には石窯があり、本格的なピザを食べることができる。

車で到着し、記憶を頼りにお店のあるマンションの地下駐車場に入ったが、お店の表示がなくなっている。引き返してお店の方に聞いてみると、駐車場は移動になったとのこと。ちょっと離れてるんですがと言いつつ、葉書より少し小さな駐車場の地図を渡してくれた。

車を停め、さっきの地図をポケットに入れて、お店までを歩く。秋らしい青空が広がっている。公園では親子の遊ぶ姿が見える。時折吹く風が心地良かった。

家に帰り、ひとまずメモしたのが原句。後日推敲したのが成句である。歩いていた途中、狭い畑の一角に秋桜が咲いていたのを思い出し、季語を「秋桜（あきざくら）」と改めた。秋桜が気候だけでなく周囲の景色や風の様子も表わしてくれると思った。また地図の大きさを具体的に述べることで、この時の気持ちをより一層、もらった地図に託すことができればと思った。ただ、そのために切字の「けり」をなくしてしまったので、「秋桜（コスモス）や」とすべきかどうか、まだ思案しているところである。

成句　**秋桜手の平ほどの地図もらふ**　（飯村　中）

この句は句会に出されたとき、多くの人が眼を留め、作者の意図どおりに鑑賞されました。「地図もらふ」という表現は、道を訊（たず）ねた作者と、地図をくれた人とのやり取りを想像させるとともに、その地図を頼りに目的地を訪ねる作者が見えるのです。その際、季語

が「秋桜」であることで、郊外の空や風、そして何よりもうきうきしたような気分が伝わります。

作者の課題について考えると、「秋桜」のあとには軽い切れが存在しています。切字はありませんが、切れは存在しています。

コスモスや手のひらほどの地図もらふ

とする方法もありますが、この句には「秋桜」のほうがふさわしいでしょう。一句全体に初々しさが備わっていて、それが魅力になっています。そこで、別案として、「地図」を「案内図」とする方法を考えました。「地図」をもらった場面の次、秋桜の咲く道を「案内図」を辿りつつ行く場面です。「秋桜辿る」と漢字が並ばないようにするために、「辿る」はひらがな表記にしています。

別案　**秋桜たどる小さな案内図**

⑱ 中七に切字「や」を用いる

原句　赤とんぼ海へと拡ぐハウス村

　お盆過ぎ、叔母の法事で高知県安芸市の母の郷里へ行った。そこは県の東部に位置し、坂本龍馬像の建つ桂浜と室戸岬の中程にある。海沿いを走る土佐くろしお鉄道のオープンデッキに揺られ、大きく広い太平洋を眺めながら、昔ながらの木造の無人駅にたどり着いた。

　叔母の家は丘の中腹にあり、ここからの景色はどこにも勝る絶景である。

　緩やかな棚田が重なり、平地にはビニールハウスが海へと拡がっている。国道を挟んで防風の松林が続く浜辺に、力強い高波が大きくうねり白く砕け飛沫となって寄せては返す。沖には遠く水平線が伸びやかな弧を描いて「地球は丸い」を絵に描いたようだ。

　もう少し海を近くで見たいと思い早稲の穂が垂れる畦道を下って行くと、赤とんぼが棚田にも私の周りにも群れをなして飛んでいる。ここは心から安まる一番好きな場所だ。

原句が浮かんだが、ハウス園芸も棚田も農業である。農家の村を下れば、漁師町となる。棚田と漁師町を一句に入れれば、この地形をより言い得ることができる。素直に口をついて出てきた言葉を成句とした。

成句　**赤とんぼ棚田下れば漁師町**　（重利智美）

盆過ぎの土佐の海が見えてくるような、清々しい文章で、推敲過程もよくわかります。この句は丘の中腹から海を望む風景をどう詠むかがポイントで、「赤とんぼ」が群れをなしていたというのが幸運でした。原句の「海へと拡ぐハウス村」はやや説明的です。誰が海へと拡げたのかという問題も生じてしまいます。さらに、文法的にも「海へ拡がるハウス村」とするべきでしょう。
それに対して、成句は「棚田」と「漁師町」を組み合わせたことで、風景に立体感が生まれました。また、「棚田」にも「漁師町」にも生活感があって、「赤とんぼ」のもたらす懐かしさも効果的です。作者にとって、愛着のある場所であることもよくわかります。成句はこれで、成功していると思います。

私の句は別案で、「沖には遠く水平線が伸びやかな弧を描いて」という描写を生かしました。中七に切字「や」を用いていますが、この「や」はリズム感を出すためのもので、内容は切れていません。

別案　**盆過ぎの水平線や弧を白く**

⑲ 常套句を生かす

原句　群なしてぬすびと萩は恣（ほしいまま）

九月、目黒区の自然教育園への吟行句会での事でした。

この庭園は、最小限の手入れのみで原生林の自然のさまや移ろいを見せてくれる場所なのです。池や沼のいくつかは小流れで繋がり、その年その年により繁茂する草花の種類なども違い、世代交代なども観察できます。そしてその種類別に名札が付いています。

この年の秋は、正門に続く小砂利の道端に、名札を付けた可憐な「ぬすびと萩」が群れ咲いており、最初の感動でした。その場で早速「ぬすびと萩」を歳時記で調べましたが、載っていませんでした。そこで、秋限定の季語を入れて、

秋風やぬすびと萩は競りあひて

としました。しかし、草花の「競り合う」のは普通の事であるし、この日の「勢い」「茂り」

を何とか表現できないものかと触れてみると、手にザラつき袖口に花粉のようなものが付着してきました。この日の兼題が「二百二十日」でしたので、傍題の「厄日」を使い、

徒党めくぬすびと萩の厄日かな

としました。しかし、自分の表現したかった事とずれていると思いながら、「ぬすびと萩」が脳裏からはなれず、歩きつづけました。途中で止まると、ふと「みちみちのぬすびとはぎ」のフレーズが浮かび、次のように成句としました。

成句　みちみちのぬすびとはぎの素秋(そしゅう)かな　（田村唯子）

自然教育園は吟行の定点観測地にすると良いところで、訪れるたびに発見があります。作者が最初に出会った「ぬすびとはぎ」で早速スケッチし、推敲を繰り返しながら、感動の核心に迫ってゆく様子がよくわかりました。

推敲過程で、手に触れてみたらざらざらした、とありますが、これが「ぬすびとはぎ」の名前の由来です。盗人が裏口から入ろうとすると、身体にくっついて種子を運ばせるのです。ですから、そこから「厄日」を連想しての推敲は材料が揃い過ぎることになります。

そこで成句ですが、「みちみちの」が不要ではないかと思います。もう一工夫欲しいところです。

「名にし負ふ」は型通りの常套句ですが、「盗人萩（ぬすびとはぎ）」という名前を印象的にすることが出来るでしょう。「素秋」は「素風（そふう）」とし、風を吹かせました。

添削 **名にし負ふ盗人萩に素風かな**

⑳ 詩的な表現

原句　ひょんの笛風に悲しみありとせば

俳句に出会って以来、身の回りは知らないことに溢(あふ)れていることに驚く毎日であるが、「ひょんの笛」も句会で初めて目にする機会に恵まれた。

虫が樹木（イスノキが有名）の葉に虫こぶを作り、秋には小さな穴から虫が出ていく。残された虫こぶの表面は固く中は空洞、無花果(いちじく)のような形状のその虫こぶはいつか地に落ち、穴に風が吹きつけられると「ひょ～」と鳴ることからひょんの笛という俳味溢れる名がつき、瓢(ひょん)の実と呼ばれたという。吹けばすぐ鳴るというものでもなく、寂しげな、時に頓狂なコントロールできない音色を奏でるが、風に鳴るので原句のように詠んだ。

「ひょんの笛」自体が詩的であり、それに頼り過ぎている気がして、コントロール不能の最たるものとしてのいのちを思った。相次いで親しい人を亡くし、人の死の不可解さを嘆いて

いたときでもあったため、

夕さりの誰彼しのぶひょんの笛

としてみるが、昨日までいた人がいない、その不在感が表現できない。

瓢の実は役目を終えて自然に還っていくが、果たして人は役目を終えたというのか、夢の途中ではなかったかと思い「還らざる人待つ心」とした。

身近な人の生死は当事者にとっては一大事であるが、誰もが幾度となく経験していることを思うと、類想的ではという反省が残る。

成句　**還らざる人待つ心ひょんの笛**　（木村幸枝）

ひょんの笛は自然の作り出す遊び心、とも思えるもので、これが季語であるところに、俳句の妙味があるように思えます。

推敲の過程は、ひょんの実の音に作者の情感を乗せてゆく過程でもあり、対象を「還らざる人」と定めて、思いが深まった点が良いと思いました。ただし、原句は「風に悲しみありとせば」の部分が言葉が先行していて意味がわかりにくく、一方、推敲句はよくある詠み方ではありますが、意味は伝わります。

成句の「待つ心」は、「心」という言葉が曖昧に思えます。「還らざる人」と「ひょんの笛」はどういう関係なのでしょう。さらに突き詰めると、果たして、死者が還って来ることを、作者は本当に待っているのかどうか疑問でもあります。「ひょんの笛」が、そんな思いにしてくれたのではなかったのでしょうか。そのことを詩的に表現すると、次のようになると思います。

添削　**還らざる人を待つとき瓢の笛**

㉑ 表現の逆転

原句　絵絣の藍のしづもる伊予の秋

秋の某日、伊予松山を訪ねた。旅の目的は「染織歳時記」の取材であった。伊予絣は、かつて日本の絣の最大の生産地であったが、現在では松山市内の一軒だけが藍染の現場を持ち、絣織物の製造・販売を行っている。そこで藍甕の管理や染色、機織りの様子、製品の絣等々句材を拾い、感じたものを句にしてみた。いくつかの句の中の一句が原句である。

原句では伊予絣の絵絣の深い藍色、それも活きた藍が秋の気配とともに、一層染み込んで来るように感じた点を詠もうと思った。子規・波郷の伊予の絣を詠むという思いとも重なり、季語を「伊予の秋」としたが、「伊予の」と置いたことで、時が夏から秋へと移ろうにつれ、藍色が深い色に落ち着いて来るという当初の思いが表現できていないことに気付いた。そこで、句意を明確にし、かつ、伊予の絵絣が自然由来の正藍で作られていた点をも表現すべく、原句を二句に分けた。

まず、染め洗いを繰り返した藍の色合いが秋の到来と共に静もって来る季節感を詠むべく、季語を「初秋」に変えたのが成句1。

さらに、この絵絣の藍は、まさに露を含んだ藍草を原料に、手間暇かけて発酵させ育くんだ正藍。この正藍で染め、織り上げたのが伊予の絵絣。その正藍に重点を置き、季語を「露しぐれ」と配して詠んだ句が成句2。結果、二句となった。

成句1　先染めの藍の静もる初秋かな

成句2　絵絣は伊予の正藍露しぐれ

（久保田政美）

松山へ「伊予絣」を訪ねての吟行であり、市内に一軒しかない染色工場へ足を運んだからこその成果であると思いました。丁寧な取材に基づいての言葉の選び方が的確で、説得力があります。

ただし、原句はそこに込めた思いが強く、材料が多すぎます。従ってこれを二句に分けたのは正解でした。〈成句1〉は共感を覚えますが、「静もる」が課題です。表現としてよく使われるからです。

そこで、「静もる」の言い換えではなく、逆の発想にしてはどうでしょう。この場合の「静もる」は、本来の色が立ち顕（あら）われるということです。そこで「顕はるる」とします。そうなると、「初秋」より澄んだ大気の感じられる「爽気（そうき）」という季語のほうが、藍の色が生きると思います。

次に挙げるのは〈成句1〉の添削です。〈成句2〉は「正藍」に品格があって出来ているので、このままでよいと思います。

添削　**絵絣の藍顕はるる爽気かな**

㉒ 言葉が言葉を呼ぶ

原句　入口に服の人型秋あかね

句帳の日付には九月二十五日とある。まだ残暑が厳しい中、郊外の駅を降り、あまり繁盛していない商店街を知人の家に向かっていた。まばらに商店が並ぶ中、洋服の修理、寸法直しの店があった。ふと見ると、開け放たれた入口に直し途中の服が人型にかけてあった。私にはその人型が外に向かって何か語りかけているように見え、原句を詠んだ。

家に帰って服の人型を調べてみると、トルソーということがわかり、原句を〈入口に服屋のトルソー秋あかね〉とした。「トルソー」は、ほかにも首及び四肢を欠く胴体だけの彫像という意味がある。しかし季語「秋あかね」ではトルソーの寂しそうな雰囲気が伝わらないので、そのまま置いておいた。

テレビの「ＮＨＫ俳句」は毎月欠かさず投句している。そんな中、十月の井上先生の兼題が「時雨」であった。

兼題の作句は、題から頭が離れず即きすぎとなり苦手である。何か「時雨」から離れられないかと、句帳をめくっていたら原句があった。このトルソーを生かせないかと考え、

洋服屋の窓のトルソー時雨けり

としてみた。「洋服屋の」が六音でリズムが悪い。辞書で探すうち「仕立屋」が見つかった。また「時雨」の傍題をどのように使うかで悩んだが、最初のトルソーへの思いに一番近い「夕時雨」とした。

成句　**仕立屋の窓のトルソー夕時雨**　（加藤草児）

この句は兼題「時雨」の入選九句の第一席に選んだ作品で、よく覚えています。推敲過程から、この句が、当初は残暑厳しい季節の街角でのスケッチであったと知り、

驚きました。また、最初の「服の人型」が、その日のうちに「トルソー」と改められている点にも感心しました。「トルソー」というインパクトの強い言葉が、作者を捉え、推敲の原動力になっていることがよくわかります。

しかし、推敲句は「洋服屋の窓のトルソー」がまだ説明的です。「仕立屋」という言葉を辞書で見つけたことで、上五の字余りが解消されたと同時に、昔気質（かたぎ）の職人の腕前という趣が出たのです。また、この句を決したのが「時雨」だったと知って、言葉と言葉が呼び合うのだと思いました。成句は完璧です。

そこで、次に挙げるのは別案です。原句が九月二十五日のメモとのことなので、その季節で出来るだけ写生句として詠んでみました。

別案　人台に着せる仮縫（かりぬい）野分来る

㉓ 実から虚へ

原句　寒林を共に歩きし父逝きて

十月に岡山県俳人協会主催の俳句大会で、井上弘美主宰の講演「推敲力を高める」があり聴講した。

各項目は氏の著書『俳句上達9つのコツ』にも一部重なっていたが、全体がひとかたまりとして、耳から大脳へとインプットされたことで、推敲のイメージが摑（つか）めた。

それまでの私の推敲は、言葉を入れ換えたり、順序をいじったりと行き当たりばったりであったが、本当の推敲とは、自句を冷静に、そしてシステマティックに吟味し、問題点を見つけ、解決していく工程であると理解した。

自句の推敲に移る。

原句の句意：林を共に歩いた父はもういない。懐かしみながらも、気持ちを新たに今日も寒林を歩くのだ。

問題点：原因結果がはっきりし過ぎていて、共に歩きしも月並。寒林で見つけたものを詠むべき。

寒林に溢るるひかり死者の黙

問題点：光を詠んでみたが観念的。死者も唐突だし、死者が黙しているのも当たり前。

寒林に積もりたる死の明るさよ

問題点：答えを言っている。言わない工夫が必要。

そこで林の奥に死んでいた動物を詠んだ。冬木立は光に満ちているが、骸（むくろ）はその端に暗く沈んで異質。やがて骸も分解され、光の全き世界が回復されるであろう。

成句　冬木立ひかりの先の骸かな　（安達燧石）

作者は岡山在住の方で、なかなか句会に参加できないこともあり、現地で開催された講演に来てくださいました。

原句は、

寒林を共に歩きし父逝けり

と、「父逝けり」で下五を収めれば成立します。確かに「共に歩きし」は月並ですが、二つ目の推敲句の「積もりたる死の明るさ」は観念的で、「答えを言っている」というより、意味がわかりづらいのです。

成句の「ひかりの先の骸」は動物の死骸とのことですが、実景として読むと「ひかりの先」が具体的にはどういう光景なのか、読者にはよくわかりません。

むしろ、ここで「父」を登場させてはどうでしょう。「父」の存在がよく見え、作者の意図が伝わるのではないでしょうか。

添削　**冬木立ひかりの先に父のをり**

㉔ 命令形を使う

原句　春塵（しゅんじん）を置く風鎮（ふうちん）の士気色

何事においても凝り性で几帳面な父は多趣味（将棋・漢字検定・ビデオ編集・サイクリング等）であった。また、母は花が好き（シンビジューム・紫式部・鉄線・梔子（くちなし）等）で、動物が好きであった。一見すると正反対の性格のようであるが、どちらも頑固であることは共通していた。

父の几帳面さがよく現れている事の一つに、季節ごとの掛け軸や色紙、風鎮の取り扱いがあった。両親が亡くなった後も、主なき家の掛け軸や風鎮の管理、鉢植えの世話を十分に行ってきたのは頑固夫婦の娘である。花を枯らすことや季節感を出すことをやめることは、両親を再び亡くすことだと思ったからだ。それが一変したのは怪我をしたことによる。中腰の作業が苦痛となってしまった。

十分な管理ができなくなったある日、掛け軸の表木（ひょうもく）や風帯（ふうたい）、風鎮と房に埃（ほこり）が溜まっていたのである。

埃の色は土色で当り前と思った時に、ふと「お父さんのことばかり……」と母の声が聞こえたような気がした。日頃から、俳句に両親のことを詠みたいと思っている。埃が溜まっているなど、題材としては避けたいものだが、現実なので仕方がない。何とか一句にという思いで推敲してみた。そこで、床の間に置く水盤の花を、ことさら大切にしていた母のことを思い出した。

季語に物を置いただけの事柄になってしまったが、一句の中に、「水盤」と「風鎮」という両親のこだわりを詠み込むことが出来たのではないかと思っている。

成句　**春塵を置く水盤も風鎮も**

（吉田　輝）

「春塵」という季語は単なる塵ではなく、関東地方特有の地層がもたらすものなので、それをどう詠むかが難しいのだと思います。歳時記の例句を見ても、成功している句は抗いようのない、大自然の営みという視点が生きています。

掲出句は父母への愛情から生まれた句で、原句の「風鎮」に対して、成句で「水盤」が加えられたことが良かったと思います。父と母を象徴するものが一対になりました。したがって、この二つは外すことができません。

少し考えたいのは、「春塵を置く」の「置く」という表現です。客観的な写生のようですが、これでは読み手に作句意図が伝わらないと思うのです。本当は「ゆるされよ」としたいのですが収まらないので、次のようにしてみました。

添削　**春塵をゆるせ風鎮水盤も**

㉕ 時間を生かす

原句　トーストのぽんと飛びだす桜時

私は台所俳句が好きである。初学の頃は吟行できる環境になかったこともあり、自分の思いを物に変換して句にするか台所俳句を作るしかなかった。それでも四季の移ろいを目や肌で感じることのできる台所は居心地が良かった。鰹出汁(かつおだし)の匂い、バターが鍋に溶ける音など毎日繰り返されるこれらに飽きることは無かったと言ってよいと思う。

ポップアップ型のトースターからパンが出る瞬間を句にしてみた。年度初めの明るさ、期待感を句に入れてみたいと思った。明るさと弾む感じは出たものの、「ぽん」と「飛びだす」のどちらかで良いと気づいた。

子供が学齢期であれば原句のままで良しとしてしまったかもしれない。しかし、彼らが成人した今、目の前の光景を切り取るだけでなく、過去の思いも併(あわ)せてみたいという気持ちになった。

　そこで植物名である「桜」から情感と広がりを持つ季語「花」に変えた。「花のころ」としたのは、ランドセルが学生鞄に、詰襟がスーツになっていくのを見守ってきた親の心情を重ねたかったためである。

　地味で良いから、すーっと心に染みてくるような句が作りたいと願っているが、思うようにはならない。しかし、それも俳句の楽しみの一つに違いないと思っている。

成句　トーストの飛びだす音も花のころ　（若山真紗子）

　作句工房としての台所を、楽しく積極的に活用している姿勢がいいと思いました。

　成句は「も」と連動させた「花のころ」に情感があって、春が闌(た)けてゆく雰囲気がよく捉えられています。推敲の過程を読むと、「ぽんと飛びだす」から「飛びだす音」への工夫がよくわかります。

成句はこれで完成していますが、原句の「桜時」にせよ、「花のころ」にせよ、時間を長くとっているので、やや情感に頼った作品と言えます。

そこで、別案として、「も」を外して健康な朝の清々しい時間を捉えてみてはどうでしょう。この場合は「桜」が効果的です。「朝桜」と使います。ただし、成句を使うと表記が「〜音朝桜」となって漢字が続くので、「朝ざくら」としました。これが〈別案1〉。

さらに、「音」を外して数詞を使ったのが〈別案2〉。飛び出す様子がよく見えると思います。

別案1　トーストの飛び出せる音朝ざくら

別案2　トーストの二枚飛び出す朝ざくら

㉖ リフレーンを生かす

原句　手水鉢の豊かに透けて春落葉

　四月半ば、向島界隈の吟行句会に参加した際、三囲神社を訪れた。ここは三井家との関係も深く、また其角の句碑やら白狐の伝説（三囲の名の由来でもある）もある由緒ある神社で、春闌ける静けさの中にあった。行事もない時期で人手もないのか掃いた形跡もなく、本殿以外は春落葉にうずもれていた。秋の落葉は皆に愛され、悲しがられる。だが春落葉は、特に目を留める人もなく、花や若葉など春を彩るものの引き立て役の地味な存在だ。神社内には句材も多く、三本柱の屋根の手水舎の水は澄んでいて美しい。鉢に沈む春落葉も鮮やかで、最初にこれを詠みたいと思った。

　だが、原句は取り合わせ、水が晴天に透けるのは当然で、当地の手水舎の特性を生かしていない。やはり春落葉だけに絞って詠むことにする（吟行句会では時間切れ。この句はご破算に)。後日再考したが、境内は人影もなく静寂そのもの、これから散る葉もないのだ、と思った時、「散る音もなく」というフレーズがふっと浮かんだ。かつ、春落葉は踏んでも春の湿りで音もしない。それを詠もうと思った。そして「散る」より語感の優しい「降る」とし、韻を踏ませた。
「踏む音もなく」が踏む人もいない情景にもなるが、それでもいいと思った。春落葉にしてはちょっぴり寂しい句となってしまったかな、と思う。

成句 **降る音も踏む音もなく春落葉**

(鈴木禰子)

三囲神社の描写がこまやかで、吟行をする時の心構えが伝わってくる文章です。それは、「春落葉」がテーマに選ばれていることからも、よくわかります。
原句から成句へと、推敲が丁寧で、当初取り合わせであった句から、「春落葉」を一物(いちぶつ)

で詠むという姿勢にも、対象をより深く捉えたいという意欲がよく出ています。ただし、文章には「鉢に沈む春落葉も鮮やかで」とありますから、原句を、

春落葉ゆたかに透ける手水鉢

とすれば、「手水鉢」の中に「春落葉」が透けているという内容で、一物句になるでしょう。しかし、よくある題材なのであまり引き立ちません。

それに対して、成句はリフレーンの効果もあり、調べが整っていてよく詠めています。問題は、「踏む音もなく」が踏む人もいないという情景とも読めてしまうという点です。そこで、この点を解消する方法を考えてみました。

原句の静かな韻律は失われますが、意味は明瞭になります。

添削　**春落葉降れど踏めども音のなく**

㉗ 韻律を生かす

原句　まぶしさや壁を焦がして薔薇の影

二〇二一年七月、首都圏は四回目の緊急事態宣言下にあるが、宣言慣れしてしまったのか、街の様子にそれほどの変化はない。一方、一回目の宣言が発出されたのは昨年の四、五月。このときは、駅にも街にも人の影は殆(ほとん)ど見えなかった。

原句は、そんな閑散とした駅前通りの壁に色濃い影を作っていた薔薇を詠んだものである。人気(ひとけ)のなさが薔薇の影をより際立たせていると感じ、影を「まぶしい」と表現した。「焦がす」は、やはりあまりに人気が無いので、薔薇の情念が壁を焦がしてしまったのだろう。この句をメール句会に出句したところ、票は入らず、「読者には大袈裟に感じられる」とのコメントを頂いた。

改めて見直してみると、「まぶしい」と「焦がす」で似たような効果を狙っていたことがよくわかる。これが大袈裟な表現と評される原因と思い、どちらかのみを活かすことにした。「影がまぶしい」も「影が壁を焦がす」も、どちらも捨てがたい表現ではあったが、「焦がす」を残して成句とした。
「しづけさや」は、借り物ではあるが「現在」の疫禍を象徴させた。それが分からなくとも句は成立すると思うが、一連の疫禍句の一つとしたので、他の句と相まって含意が伝わると思った。一方、「まぶしい」を外すことで背中にあった「太陽」は消えてしまったかもしれない。

成句　しづけさや壁を焦がせる薔薇の影
（古関　聰）

作句意図とともに、推敲の狙いもよくわかる文章です。原句の「壁を焦がして薔薇の影」は推敲で改められたように「壁を焦がせる薔薇の影」とすれば、魅力的な把握だと思います。

原句の「まぶしさや」ですが、これがあると中七以下の発想が生きないのだと思います。過剰な表現だと思われたのも、これが原因でしょう。

コロナ禍における街角の風景を捉えるという作句姿勢は立派で、作者ならではです。そこで、「太陽」をイメージさせる「真昼間」を置いてはどうかと思いました。夏の真昼には静寂が含まれると思うのです。これを、あえて「まひるま」と平仮名で表記して印象的にします。その上で、中七に切れを設けてはどうでしょう。韻律の鋭さが内容を生かします。

添削　**まひるまの壁を焦がせり薔薇の影**

㉘ 比喩を生かす

原句　**緑蔭に死を説くきみの喉仏**

私には十数年来の病歴がありますが、幸い担当医や家族、友人の支援や助言に支えられ、今日までの日常生活を大した支障も無く過ごしてくることが出来ました。

しかし、年齢による体力、気力、知力の衰えは認めざるを得ません。月に一度の定期検診の折、担当医と死生観問答を交わし、今後の体力維持への助言を頂きます。そして医師もまた、満身創痍（そうい）であることを聞かされたのです。

通院コースには、公園、国立大学二校そして県立高等学校が隣接しており、最寄りの駅はその名も「柏（かしわ）の葉キャンパス駅」。その構内を通り抜けることができるのです。

春夏秋冬、折々の景色を満喫しながら、私の今後の日常生活への助言をして下さった医師の言葉を嚙（か）み締めながら、ゆっくりと歩くのです。木々の緑が深まる頃には、万緑の中に俳句脳が呼び覚まされます。

しかし、一句の中に「死」の一字を入れることのためらいと、「きみ」の語の甘やかさを解消したいと思いました。

そこで、前向きに生きてゆくことの大切さと、喜びを説いて下さった医師への感謝の気持ちを詠むことにしました。

また、病を克服することが出来、俳句と出合い、素晴らしい師や友に出合えたことは、私の人生の何よりの宝となりました。

成句 **緑蔭に生きよと熱き喉仏**

（中本　悠）

原句に比べて、成句は飛躍的に良いと思います。作句状況がわかれば、感謝に充ちた作品です。しかし、独立した一句として読むと「熱き喉仏」が突出しているために、死に瀕

した人が作者に告げた言葉のように思えます。作者にとっては医師の激励が「緑蔭」のように清々しく有り難い、ということでしょうが、まるで緑蔭のように思えた、という比喩的な表現なので、一句の情景としては場面がよくわからないのです。

そこで、平凡になりますが、季語が生きるようにして事実に即して詠むと、

新樹光吾に生きよと医師の言

となります。次に、「新樹光」の力を全身に充たし、医師の言葉など具体的な描写を外してみます。擬人化ですが、むしろ、自然との一体感が命の原動力として生きるように思います。この場合の「充たす」の主体は「新樹」で、「新樹」が「(私の)満身」に、「光」を充たしてくれるという意味です。

添削　**満身に生きよと充たす新樹光**

㉙ 文語表現を生かす

原句　新樹光山影湖(うみ)をふかくせり

三年前の五月、渡良瀬川の名に誘われて、一人の小さな旅を試みた。

昭和十九年八月、国民学校の集団疎開先であった、当時の足尾線の水沼、常鑑寺(じょうかんじ)。その下を流れる渡良瀬川は、水遊びをした、戦時中の苦い、しかし楽しかった思い出の川である。

わたらせ渓谷鉄道のトロッコ電車に乗り、水沼より更に上流へと向かう。薫風(くんぷう)を切る心地良さと、大きな白い石を分けながらの渡良瀬川の流れを楽しみ、富弘(とみひろ)美術館のある神戸(ごうど)駅に降り立った。美術館を一巡後、裏手に湖があることを聞き、遊歩道を伝い行く。新樹の間から少しずつ姿を見せる湖面。水辺に着くと、そこに広がっていたのは、新緑溢(あふ)れる山々を容(い)れた草木(くさき)湖であった。

原句は、そのとき見た光景をそのまま書き留めたもので、季語の工夫が必要だと思った。

風五月湖を満たせる山気かな

季語をかえて、「風五月」とした。こうすることで、樹々にも湖面にも動きが出るのではないかと思ったのである。

帰宅後、草木湖は昭和五十二年に渡良瀬川に設置された多目的ダムで、人造湖であること、湖底には二百三十戸の住民のいた村が沈められたとの話を読んだ。「草木湖」は風景も呼称も美しいが、その翳(かげ)に、昔からの生活を断たれた人々の悲しみがあることを思うと心が痛んだ。「初夏(はつなつ)の山気」とすることで、一湖(いっこ)を包み込みたい思いを詠んでみた。

成句　**初夏の山気満ちたる一湖かな**

（大矢直子）

昭和十九年の疎開地を訪ねての一人吟行ということで、眼前の光景にさまざまな思い出

を重ねての、得がたい旅だったことと思います。

原句は、まず見たままのメモのようですが、下五の「ふかくせり」に、心情の深さが出ているように思います。これが推敲句になった段階で、季語の工夫とともに「山気」という、清々しい言葉が使われている点も良かったと思います。「草木湖」という名前がもたらした「山気」なのでしょう。

成句は、「草木湖」の湖底に沈む村を心に置いての作品で、そのことには触れていませんが、あきらかに熟した句になっていると思います。「初夏」という季語が初夏の清々しさを伝えて、「山気」という言葉を効果的にしています。

これで十分でもありますが、最後に添えられた「一湖を包み込みたい」という心情を表現してみてはどうかと思い、次のようにしてみました。

添削　**初夏の山気満たさむ一湖かな**

㉚ 詩的な発想

原句　夏空や別れは片手にて足りる

「別れ」を詠みたいと思った。手を振りながらの軽い別れ、固い握手を交わし再会を誓う長い別れ、肩に手を置き健康を願いつつの別れ、遺骨を拾う永遠の別れ。どのシーンを思い起こしても片手の動作が伴うとふと思い、原句をメモした。これでは物がなく、漠然としている。しかし片手には拘りたく、片手での別れの場面を思い出してみる。初夏の日、涼やかな着物をお召しのご婦人が別れ際に手を振ってくれた。袖口からひらひら見える白い手が美しかった。そこで「夏衣別れはいつも片手にて」としてみたが、どなたの共感も得られなかった。原因は主体が自分ではなかったため、実感の薄い句になってしまったからだと思った。

そこで改めて印象の強い別れを探った。

母は船旅が好きであった。長い旅に出る時、横浜港まで見送りに行った。客船のデッキから色とりどりの紙テープが風になびいている中に母の姿を見つけた。私は日傘を差したままもう片方の手を大きくゆっくり振った。別れでもあり、ここにいるという合図でもあった。母には私が見えていただろうか。そこで、成句とした。

夏の強い日差しを遮る日傘は、別れをさりげなく遠ざけたい気持ちの現れでもあった。写生が第一義の句作において、この過程は邪道であったが、自分の心情が初めにあり、その気持ちに物を寄せていく作業であった。

成句　**白日傘別れはいつも片手にて**

（市川浩実）

「別れ」という抽象的なテーマが最初にあって、さまざまな別離のシーンを思い描き、そこから自分にとって最もふさわしい場面を具体的に描くという手法。作者の作句工房が明かされたようで、とても面白く読みました。

このことによって、原句が観念的であることがよくわかります。「別れとは」という命題を置いて、答えになる場面を考えているのですから。しかし、ここで「片手」にこだわっている点が作者らしく、具象性を持たせる段階で「白日傘」をイメージできたことが成功のポイントでしょう。

成句は記憶の中の場面ではありますが、母を見送るという具体的な場面を捉えており、完成していると思います。しかし、もともとが「別れ」をテーマとしているのですから、具体的な場面でありながら、詩的な瞬間が詠めても面白いのではないでしょうか。

そこで発想を逆転して、詩的な一句にしてみました。「別れ」は片手を上げることでやってくる、という別案です。

別案　**白日傘片手上ぐれば別れくる**

㉛ 行事の実感を詠む

原句　形代のくつがへりゆく夜の小川

吟行で訪れた二〇一五年六月三十日の上賀茂神社、夏越の夜の風景である。冷たい雨が降り続き篝火が川面にゆらぐ中、神官が参拝者の無病息災の願いの書かれた形代を次々と「ならの小川」に散らしてゆく。水音の軽やかな響きとともに流されてゆく膨大な数の形代が、やがて岸や網代に引っ掛かっては濡れて水底に沈んでゆくさまを見ていた。託された祈りの役目を終えて水底に折り重なってゆく形代の数の多さに、何か形容しがたい淋しさが胸を打った。

原句は波に覆りながら流れて行く形代の姿を写生しようとしたものだが、もっと自分の胸中に湧きおこった淋しさを主情的に詠みたいと思った。

形代のゆき寂しさをつのらせる

累々と形代沈みゆく淋しさ

いくつかの推敲句を詠んだが、いずれも胸の「淋しさ」という感慨を自分の立場から詠み込んだ形となった。何千もの形代が沈んで積み重なってゆくさまにやがて「累々と」という言葉が浮かんだ。

最後になって「水漬く」という言葉を思い浮かべたことにより、形代の立場からの淋しさを念頭に詠んでみた句を成句として提出した。

今思えば、直截的な感慨「淋しさ」にも、形代自体を擬人化した詠み方にも疑問はあるが、初心の頃の歳事吟行での忘れ難い句の一つである。

成句　**累々と形代さびしさに水漬く**　（土方公二）

六月三十日の夜、京都上賀茂神社では夏越大祓の神事が行われます。境内には青々と美

しい茅(ち)の輪が掛けられ、篝火を焚いた禊川(みそぎがわ)に形代が流されるのです。それは清々しい夏の行事なのですが、この時は冷たい雨が降りつのり、寂しい形代流しとなりました。

原句は「夜の小川」があることで、「形代」が流れてゆく様子を「くつがへりゆく」と捉えて一抹の寂しさが出ています。普通なら客観的な描写の精度を増して完成させるところでしょうが、推敲によって、作者自身の心情を詠むという難しい方向に進んだ点に、作者らしさが感じられます。

成句は「累々と」「水漬く」という言葉の斡旋によって、「淋しさ」という心情表現が甘くならず、一句として完成されています。

次にあげるのは「淋しさ」を外し、「夜」を復活させた別案です。

別案　**累々と水漬く形代夜の雨**

㉜ 逆転の発想

原句

河鹿鳴く滅びの城の山河かな

句会の兼題「河鹿」を得て、それを踏まえての作句を試みたいと思う。

二十年前に一乗谷朝倉氏館跡で聞いた河鹿の声を思い出した。山紫水明の自然の要塞は、織田信長勢に一気に攻め落とされた。初めてその地を私が訪れた時は、後に豊臣秀吉が供養のために建てたという唐門がひとつあるだけで、跡という標ばかりの荒地であった。一縷の河鹿の声は、亡びの声にも似て、今も忘れ難い。そんな情景を俳句に立ち上げてみたい。

原句では一般的で、摑みどころがなく景色も思いも立ち上がっては来ない。

この地はそれからも何度か訪れているが、そのたびに風景が様変わりしている。建物の復原である。確かに復原は視覚的には重要なのであろう。しかし、次々と建物が増えると、時空の形を決められてしまい、創造性が失われて、窮屈さが増す。城下に武家屋敷や長屋が建ち、覗けば人形の武士達が将棋を指していたりする。現況に眼をつぶることなく、河鹿の声を生かせるか。

河鹿鳴く一乗谷の御殿跡

河鹿への思い入れが強く、拘(こだわ)ってみたが、季語の働きが弱いのは、一乗谷と近すぎるからであろうか。すべてを削(そ)ぎ落したならば、地名一乗谷は、どれだけの事を語ってくれるだろうか。

そろそろ河鹿の声を聞きに、一乗谷へと、罷(まか)り越したい季節である。

成句 **朴(ほお)の花一乗谷の石のこゑ**

（坂本昭子）

史跡を詠む時、もっとも注意が必要なのは、固有名詞を入れると絵葉書俳句になりやすいという点です。この作品では「河鹿」をテーマとして、かつて訪ねた地を思い出して詠

むという難しい課題に挑戦しています。

原句は「滅びの城」が史跡そのもので、「山河」も杜甫の名吟〈国破れて山河あり〉を思わせます。推敲句は「一乗谷」と「御殿跡」を使ったために、作者が気づいているように、河鹿の哀愁を帯びた声が聞こえなくなってしまいました。

成句は「一乗谷」を生かして「河鹿」を捨て、「石のこゑ」という発見を生かした点が見事です。「朴の花」が滅びてもなお滅びざるものの気高さを伝えています。

次にあげるのは別案で、「滅び」という歴史的事実を逆転させて「河鹿」の声を生かしてみました。

別案　**朝倉の水はほろびず河鹿鳴く**

㉝ 決定打になる表現を

原句　綿虫の日の一瀑を舞台とし

新型コロナウィルス蔓延（まんえん）のため、吟行はおろか集合しての句会がすべて中止となり、葉書やメール、あるいはアプリを使っての間接的句会という「座の文芸」の好（よ）さを失った日々が続いている。

外出も旅行なども出来ず、雨が降らない限り買物か散歩に出掛けるのが日課となった。

私の住む国分寺市は東京の中部に位置するが、いわゆる武蔵野の俤（おもかげ）を残した散歩道が多く、その点は恵まれている。最も近いのは「武蔵国分寺公園」で、もともと旧国鉄の鉄道学園跡地を中心に作られた公園だけに、いわゆる「ハケ」と呼ばれる国分寺崖線（がいせん）を含む森林もある。

ある日、その森の強い木漏れ日の中に綿虫を見つけた。そこで詠んだのが原句である。

どうやら「綿虫」という季語は、見た人の心根に従う季語のようで、嬉しければ、〈綿虫に瞳を細めつつ海の青さ　橋本多佳子〉とも詠まれるし、寂しいときは、〈綿虫やそこは屍(かばね)の出でゆく門　石田波郷〉とも詠まれる。

私には、綿虫と出合った嬉しさがあったので、

大綿の日の一瀑を舞台とし

と推敲した。

その後、「舞台とし」に設(しつら)えを感じるとの指摘を受け、季語「大綿」の主役は変えずに、次の句を得た。

成句　**大綿へ日は一瀑を掛けにけり**　（湯口昌彦）

冬の訪れを告げる「綿虫」は、青白く輝く緩やかな飛翔が魅力的で、出会えただけで嬉しくなります。

原句は、木漏れ日の中の「一瀑」を「日の一瀑」と手際よくまとめている点が良いと思いますが、そこを「舞台とし」という表現は、一考を要すると思います。推敲においては、「綿虫」を「大綿」としたことで、木漏れ日の中を飛ぶ「綿虫」が堂々としたイメージになりました。問題はやはり「舞台とし」。一考を要すると思うのは、便利な表現だからで、いろいろに応用できて決定打にならないからです。

それに対して、成句は「大綿」に対して、「日」が、掛け軸のように「一瀑を掛け」ることで、舞台を作りだしていると表現した点が良かったと思います。これで十分出来ていますが、ここは少し冒険し、大らかな詠みぶりの作品に仕上げておきたいと思います。

別案　**大綿や一瀑に日のたうたうと**

㉞ 感動の中心へ

原句　蹲踞（つくばい）にひと夜の氷父逝きぬ

ある朝、庭先の蹲踞の設（しつら）えに寄ると、氷が張っていた。夫の父を見送って暫（しばら）くした頃で、主を失った庭に音のない冷たい空気が沈んでいた。触れてみて、両手でゆっくり持ち上げると、石を切り掻（か）いた窪（くぼ）みの形そのもののほぼ四角形の氷だった。

原句は、近づいていた句会に向けて五七五にしたものの、下五が感傷的な報告だった。即物的に一句に詠もうと、その四角い形への小さな驚きから「蹲踞に掬（すく）へばまつたき初氷」と推敲したが、何か漠然としたままだった。その時感じたことが自分なりに詠めていないと思え、「蹲踞」という言葉も排したいと思った。

夜、机の前でゆっくり遡（さかのぼ）ってみると、両手で氷を持ち上げた途端、水面が顕（あら）わになり、あっと心が動いたことを思い出した。微（かす）かに水面が揺れ、ぼんやりと空が映ったのだった。自分の閉ざされていた心にも、氷で塞がれていた水面と同じように、何かふっと風が入ったような一瞬だった。そこから「風の水面」という言葉に行きつき、成句に至った。

出来上がった句を前に、当たり前のことを詠んだだけではないかと自問すると、この句に限らずいつも迷う。ただ、些細なことであっても、自分の心が何に引きつけられたのか、まずは焦点を絞って表現できるように推敲を重ねたい。

成句 **初氷掬へば風の水面かな**　（宇野恭子）

原句と成句を見ると、残されたのが「氷」一字、季語だけであることに驚きます。作者にとって、推敲は一句を完成させるだけに留まらず、次の扉を開くための挑戦であることがわかります。

第一に、原句はこれで一応の完成をみていますが、下五は一つの型、つまりよくある表現です。この型を脱するための推敲が、「蹲踞」を外すことであり「父逝きぬ」を外すことなのです。

第二に、作者は推敲の方向として、感動の中心へ向かっていることもよくわかります。すべての状況を取り去って、氷を持ち上げた瞬間と、その時の驚きを切り取ることに成功したのです。「風の水面」という言葉を得ることで完成、次の扉が開いたのです。

成句は完成していますが、文章を読むと「氷」は「両手でゆっくり持ち上げた」とあり、「あっと心が動いた」などと書かれているので、この心の動きを「空」のゆらぎとして詠んでみました。別案です。

別案　**さゆらげる空や氷を剝がすとき**

㉟ 心情を詠む

原句1　野火消えて月光闇を尽くさざる

原句2　野火消えて心音闇を打ちにけり

我が家は利根川の外堤防の近くにある。ある早春の夜、利根川沿いの枯葦原（かれあしはら）が燃えた。夜だから意図的な野焼きでは無いのだと思うが野次馬根性の旺盛な私は野火が消されるまで見ていた。

野火や焚火の炎には何か心を騒がせる不思議な力を感ずるが、野火が消えた瞬間の闇夜に浮いた月の印象を詠みたい。また野火が消えた時の心の空白感のようなものを表現したいと考えてきた。

しかし、〈原句1〉は否定形にしたため、主体が野火が消えた後の闇にあって、青白い月光の幻想的な印象や瞬間の光景の展開が表現出来ていないのではないかと感じた。
そこで野火を見ていた月が野火が消えた瞬間、近くにある沼に目を転じた様に月を主体に表現して見た。

野火消えて月光沼をとらへたり

一方、〈原句2〉は野火によって昂（たかぶ）った自分の心が野火が消えることによってどう変化したかを詠みたかったが、「打ちにけり」ではその劇的な心情変化を表現出来ない感じがあったので、「撃ちにけり」と変えてみた。その結果、〈原句2〉の推敲句を成句とした。

成句　**野火消えて心音闇を撃ちにけり**

（川崎清明）

夜の「野火」というテーマに対して、「野火」そのものを詠むのではなく、「野火」が消

えたあとを詠むという点に作者らしさが感じられます。

しかも、「月」を主体とする句と自分自身の心情を主体とする二句を同時に推敲するという、難度の高い課題です。

〈原句1〉は打消しによって「月」ではなく、闇を強調することになってしまいました。推敲によって「沼」を浮かび上がらせたことで、「野火」が消えたあとの闇が幻想的です。

一方、〈原句2〉は闇の中に取り残された自身を詠んで、「心音」が「闇を打つ」と捉えていた点に工夫がみられます。成句では「打つ」を「撃つ」とすることで、自身の心情を強く打ち出すことに成功しています。

次に挙げるのは別案で、「野火消えて」の「て」を外した場合です。「心音」を上五に置くことで「撃つ」も不要になるかと思いました。

別案　**心音や野火果てし闇あるばかり**

おわりに

この度、小誌「汀」に連載中の「推敲のエチュード」が角川新書の一冊として出版されることになり、心より嬉しく感謝致しております。

もともと、この連載は作者に自由に書いてもらったもので、季節もテーマも系統だったものではありません。それを、より基本的なものから、俳句表現の可能性を試したものまで、大まかに三つのグループに分けて、緩やかに季節の推移に沿って配列しました。また、小見出しによって推敲や添削の方向を示したことで、推敲や添削の方法について、ガイド的な役割を果たす一冊になったように思います。私自身、この作業を通じて俳句の面白さを再発見、再認識することが出来ました。本書への掲載を快く承諾くださいました「汀」の皆さまにも厚く御礼申し上げます。

最後に、小さな連載に目をとめ、丁寧で心の籠もった編集で一冊の本に仕上げて下さったＫＡＤＯＫＡＷＡの安田沙絵さまに心より御礼申し上げます。

井上弘美

俳句用語解説（五十音順）

一物仕立て（いちぶつじたて）　季語のみを句材にする作り方。「一句一章」ともいう。

上五（かみご）　俳句の十七音は韻律の上で、五・七・五音に分けられるが、その初めの五音のこと。「初五」ともいう。

季重なり（きがさなり）　一句の中で季語を二つ以上使うこと。初学のうちは、複数の季語が相殺しあって効果が薄れるため、避けるべきとされる。

季語（きご）　季節を表す語。一般的には、歳時記に掲載されていることばと考えてよい。和歌・連歌からの歴史をもち、芭蕉が、新しい季語の一つも探り出すことは「後世によき賜」と言ったことは有名。

季語が動く（きごがうごく） 一句の中で使った季語が、ほかの季語に置き換えることができる場合をいう。「季語が動く」句は未熟とされる。

忌日（きじつ） 俳人や文人の命日のことで、「○○忌」と称して季語とする。「芭蕉忌＝時雨忌」など、別称ができることもある。

切字（きれじ） 一句が十七音で独立するためには言い切る形をとるか、句の中に意味、またはリズムの「切れ」を設定する必要がある。その際使われる決まった助詞や助動詞の終止形をいう。「や・かな・けり」を代表格とする。

吟行（ぎんこう） 俳句を作るために名所・旧跡に出かけたり、郊外などに行ったりすること。

句会（くかい） 自作の俳句を持ち寄ったり、その場で作り、作者名を伏して相互に選び合い、合評したり指導者の講評を聞いたりする会。

句帳（くちょう）　自分の俳句を書き留めるために携帯する手帳。作品として完成させる過程の、ことばのメモとして利用する場合もある。

句またがり（くまたがり）　同じ十七音でも五・七・五のリズムではなく、七・五・五などのリズムによる場合をいう。

慶弔句（けいちょうく）　慶弔の折に挨拶として作られる俳句のこと。「挨拶句」「贈答句」ともいう。

兼題（けんだい）　句会などであらかじめ出される句の題。その題で俳句を詠んでおいて、句会に持参する。

歳時記（さいじき）　季語・季題を四季別に分類して配列し、解説と例句を載せたもの。

作句（さっく）　句を作ること。

字余り（じあまり）　五・七・五のいずれかの音数が多くなっている句をいう。

自選（じせん）　自分で自分の作品を選ぶこと。

字足らず（じたらず）　五・七・五のどれかの音数が少なくなっている句のこと。

下五（しもご）　俳句の十七音は韻律の上で、五・七・五音に分けられるが、その終わりの五音のこと。

写生（しゃせい）　景色や事物のありさまを実際見たままに描くことで、もともと絵画における概念であるが、正岡子規が「月並（つきなみ）俳句」を脱する方法として俳句に取り入れた。

推敲（すいこう）　字句などを練り直し、よりよい作品にすること。過去に類句はないか、季語は動かないか、調べはどうか、言葉遣いや文法の誤りはないか等を検討する。

素材（そざい）　句の材料。風景・生活・動植物など、あらゆるものが素材になる。「句材」「題材」ともいう。

定型（ていけい）　上句五音、中句七音、下句五音、合計十七音の型をいう。俳句の最も基本的な型である。

添削（てんさく）　他人の句を修正すること。文字を足し（添え）たり削ったりすることからいう。添削してもらうことによって俳句の骨法を学ぶことができる。

投句（とうく）　句会や俳句雑誌などに自分の俳句を提出すること。

中七（なかしち）　俳句の十七音は韻律の上で、五・七・五音に分けられるが、そのまん中の七音のこと。

取り合わせ　季語に別のものを合わせて、ひとつの俳句を作る方法。「二句一章」「配合」「二物衝撃」ともいう。

傍題　主季語に準じる季語。「副季語」ともいう。

名詞止め　下五を名詞で終えること。「体言止め」ともいう。

旅吟　旅で詠んだ俳句をいう。

類句・類想　すでに発表された俳句作品に表現が類似している句を「類句」、発想が類似している場合を「類想」といい、厳しく戒められている。

本書は「汀」二〇一四年七月号〜二〇二二年七月号に連載された「推敲のエチュード」を改題、書き下ろしを加え再編集し、全面的に改稿の上、書籍化したものです。

井上弘美（いのうえ・ひろみ）
俳人。1953年、京都市生まれ。「汀」主宰、「泉」同人。俳人協会評議員。元武蔵野大学特任教授。2019・2022年度「NHK俳句」選者、朝日新聞京都俳壇選者。句集に『風の事典』（牧羊社）、『あをぞら』（第26回俳人協会新人賞／富士見書房）、『汀』（角川SSコミュニケーションズ）、『夜須礼』（第10回星野立子賞・第14回小野市詩歌文学賞／KADOKAWA）、著書に『俳句上達９つのコツ』（NHK出版）、『季語になった京都千年の歳時』（KADOKAWA）、『読む力』（第35回俳人協会評論賞／KADOKAWA）などがある。

俳句劇的添削術

井上弘美

2022 年 8 月 10 日　初版発行

◇◇◇

発行者　青柳昌行
発　行　株式会社KADOKAWA
〒102-8177　東京都千代田区富士見 2-13-3
電話　0570-002-301(ナビダイヤル)
装 丁 者　緒方修一（ラーフイン・ワークショップ）
ロゴデザイン　good design company
オビデザイン　Zapp!　白金正之
印 刷 所　株式会社暁印刷
製 本 所　本間製本株式会社

角川新書

ISBN978-4-04-082437-6 C0292